보드과학시사 | 몽미희

황화웅진: 진가

작품 정보

〈보존과학자〉는 국립극단 작품개발사업인 [창작공감: 작가]의 창작극으로, 2023년 5월 25일 백성희장민호극장에서 초연되었다.

배역

보존과학자1	김서연
철 전문가	송인성
유리 전문가	조승연
알루미늄 전문가	이상은
아버지	지춘성
첫째	김시영
둘째	김수아
셋째	백혜경
림	박보현
송	김도원
아누	임태섭
제제	신재환

주요 일정

2022년 3월~5월 공모 및 작가 선정

5월 30일 오리엔테이션

6월~12월 정기 모임 – 워크숍 및 스터디

(브레인스토밍 워크숍 – 동시대성과 서사(사회학자 엄기호), 움직임

(안무가 이윤정), 인터뷰 및 취재를 바탕으로 한 허구쓰기(극작가 이양구))

(스터디 – 동시대 담론 및 신작 주제 관련 도서 토론)

(초고 피드백 워크숍 – 문학평론가 오혜진, 사회학자 엄기호,

신경심리학자 장재키)

(인터뷰 – 학예연구사 권인철)

11월 3일 국립극단 내부 과정 공유회

(내부 과정 공유회 피드백 – 문화연구자 조서연, 문학평론가 오혜진,

신경심리학자 장재키 등)

11월 21일 퇴고

12월 8일 최종 과정 공유회

2023년 4월~5월 제작 공연 발표(백성희장민호극장)

창작 크레딧

작 윤미희 | 연출 이인수

무대 · 조명 남경식 | 의상 이윤진

영상 고동욱 | 소품 · 분장 장경숙

음악 · 음향 이승호 | 움직임 이윤정

조연출 송은혜 | 제작 진행 이 솔

일러두기

본 출판물은 국립극단 [창작공감: 작가] 희곡선을 위해 정리한
것으로, 실제 공연과 일부 다를 수 있습니다.

나오는 존재들

미래의   보존과학자1
            철 전문가
            유리 전문가
            알루미늄 전문가

현재의   아버지
            첫째
            둘째
            셋째

문 앞에 있는 림
            송
            아누
            제제

무대
- 미래의 보존과학실을 중심으로 무대는 꾸며진다.
  이곳은 온통 점, 선, 면 등의 추상적인 형태로만 이루어져 있다.
  나머지 공간들도 구체적이거나 사실적으로 재현될 필요는 없다.
- 극 초반에 여러 시공간을 잇기 위해 꼭 필요한 사물들이 등장
  한다. 이를 잘 활용하여 무대 위 여러 장면들이 유기적으로 연
  결되도록 한다.
- 무대 위 시간은 인물마다 조금씩 다르게 흐른다.
  어떤 장면에서는 대사와 대사 사이, 지문과 지문 사이에 생각
  보다 긴, 때론 일주일 혹은 한 달 혹은 그 이상의 시간이 흐르
  기도 한다.

엉뚱한 상상을
고민의 흔적을
애쓰던 시간을
지면 위에, 무대 위에, 올려 둡니다.
곧 당신의 보존과학실에서 마주하기를.

2023년 3월

윤미희

0.

텅 빈 무대

한 사람이 홀로 서 있다.
언제부터 이곳에 있었던 것일까.
꽤 오래된 느낌이다.

주위를 둘러보면 온통 폐허 같다.

아주 오래전 이곳엔
어떤 건물이 있었는지도,
꽤 오랜 시간 동안
수많은 것들이 무너지고 다시 세워졌는지도.

저기…

소리는 어딘가에 닿지 못하고 공허하게 날아간다.

저기요.

아무런 일도 일어나지 않는다.
되돌아오는 소리도 없다.

그럼에도 귀 기울여 보는,
어딘가, 무언가, 누군가 있기를 바라는 마음으로.

I.

_____

림과 송, 무대로 들어오며

림   아무것도 없네요. 정말 아무것도 없어요.

송   ……

림   텅 비어 있다고요.

송   ……

림   뭔가 있어야 하지 않을까요?

송   없으면 만들면 되죠.

송, 무대를 둘러보며

송   1, 2, 3…

림   뭐 하세요?

송, 계속 수를 센다.

아누와 제제, 들어온다.
커다란 문을 들고

아누	자, 들어갑니다.
제제	다들 비키세요. 다칩니다.
림	이건 뭐예요?
아누	문이잖아요.

림, 문을 바라보며

림	이거 문 맞아요?
아누	그럼 뭐라고 부를까요?
림	문이 제일 낫겠네요.
제제	엄청 공들인 거예요.
림	아, 죄송해요. 다시 보니 조각품 같기도 하고…
아누	이거 만든다고 고생한 거 생각하면, 이 공연 천년만 년 해야 돼요.
림	에이, 그런 공연이 어디 있어요?

분위기 안 좋다.

림	뭐 그럼 좋겠지만,

송, 여전히 수를 세고 있다.
무대를 빙빙 돌며

림	얼마나 걸릴까요?
제제	최대한 빨리 해 볼게요.
아누	혹시 좀 도와주실 수 있으신가요?
림	아, 시간 없는데…

림, 송과 자신을 가리키며

림　　　　저희가 좀 여러 역할을 맡고 있거든요.

송의 수 세기는 계속이다.
수를 쌓고 있는 것 같기도 하다.

아누　　　다 이어지는 일 같은데요?
제제　　　같이 해서 얼른 끝내죠.
림　　　　그럽시다, 그럼.

함께 문을 설치하려는데

모래바람이 들어오고 있다.
조금씩 스며들 듯이.

아누　　　저기, 뭐가 들어오고 있는데요?
림　　　　어? 저게 뭐예요?
제제　　　모래바람인가?

밖에서 진동 소리 같은 것이 들려온다.

아누　　　무슨 소리예요? 지진 난 거예요?
제제　　　설마요.
아누　　　땅이 흔들리고 있잖아요.
림　　　　옆 도로에서 나는 소리예요. 공연 때도 이런 일 종
　　　　　　종 있어요.

제제	그래도 이건 좀 너무 큰데요?
아누	엄청 큰 뭔가가 지나가나 봐요.

림, 바깥을 살핀다.

림	엄청 큰 모래바람인데요? 우선 피해야겠어요!
제제	이거 다 망가질 텐데…
림	그냥 거기 세워 둬요. 문이잖아요.
제제	조금만 잡아 주시겠어요?
아누	얼른 고정시킬게요!
림	그럼 전 이쪽에서 버티고 있을게요.
제제	다들 꽉 잡아요!

모두 문을 붙잡는다.
쓰러지지 않게, 필사적으로
모래바람 더욱 거세진다.

림	더 이상 못 버티겠는데요?
아누	거의 다 됐어요.

어두워진다.

제제	아무것도 안 보여요.
림	저 바람 때문이에요.
아누	이제 안 되겠어요.
림	어서 숨어요. 순식간이에요.

맹렬한 모래바람이 무대를 덮친다.

아무것도 보이지 않다가
서서히 밝아지면 문이 보인다.
문만 보인다. 아까 그 문이다.

림, 송, 아누, 제제, 문 앞으로 모여든다.
그들은 문 주위를 빙글빙글 돌기도 하고
문에 대롱대롱 매달리기도 한다.

송　　　…1001, 1002, 1003.

그렇게 이야기가 시작된다.

2.

전문가들, 저마다의 자리에서

유리 오늘입니다.

철 오늘이군요.

알루미늄 오늘을 얼마나 기다려왔는지 모릅니다.

유리 오늘이에요. 바로 오늘이라고요.

철 방금 뭐가 지나간 것 같지 않습니까?

유리 글쎄요, 뭐가 지나간 것 같기도 하고,

알루미늄 아, 분명히 오늘이었는데,

철 지금, 오늘 아닌가요?

유리 네, 다시 오늘이 되었습니다.

알루미늄 그럼 몇 번째 오늘인 건가요?

철 글쎄요,

유리 그냥 오늘입니다.

알루미늄 오늘이 맞긴 합니까?

철 오늘이 아니라고는 말 못 하겠는데요.

보존과학자1, 들어온다.

묵직해 보이는 네모 상자를 들고

보존과학자1 좀 도와주시겠어요?

전문가들, 그 모습을 지켜보며

철 우리에겐 그럴 의지가 없다는 거 잘 아시잖아요.
보존과학자1 그렇죠. 알고 있죠. 너무 무거워서 말이 헛나갔네요.
철 오늘은 또 뭡니까?
보존과학자1 지하 227층에서 가져온 거예요.
유리 정말 수장고에 있는 걸 다 가져올 생각이에요?
알루미늄 그럼 거의 몇백 년은,
철 더 오래됐을 수도 있지요.
보존과학자1 천 년 전에 만들어진 거래요.
알루미늄 당연히 폐기 처분 대상이겠네요.
보존과학자1 다음 기획전시 메인 작품으로 내놓을 거예요.

전문가들, 일제히 관심 보이며

유리 얼마나 대단한 물건인데요?
철 어디 한번 구경이나 해 봅시다.

보존과학자1, 네모 상자를 탁자 위에 올려놓는다.

보존과학자1 잘 보이시나요?
유리 딱 좋은데요.
철 좀 높지 않습니까?

보존과학자1, 탁자의 위치를 조정한다.

보존과학자1 이 정도면 어떠세요?

철 조금 더 아래,

유리 왜죠?

철 고개가 위를 향하고 있는 것보다 아래를 향하고 있는 게 더 안정감을 주니까요.

알루미늄 그럼 그냥 바닥에 두시죠.

유리 그거 좋겠네요.

보존과학자1, 네모 상자를 바닥에 내려놓는다.

철 고개가 좀 아픈데요.

보존과학자1 다시 올릴까요?

철 그게 좋겠군요.

보존과학자1, 네모 상자를 다시 탁자 위에 올려놓는다.

알루미늄 훨씬 낫네요.

유리 아무렴요.

철 이제 보여 주시지요.

보존과학자1, 네모 상자를 열어 물건을 꺼내 보인다.

유리 눈이 침침해서 잘 안 보이네요. 좀 자세히 볼 수 있을까요?

보존과학자1, 조명을 밝힌다.

물건, 서서히 모습을 드러낸다.

굉장히 낡고 보잘것없는 텔레비전이다.

철　　　아주 오래전에 유행했던 물건이군요.

보존과학자1　예술품이요.

철　　　고장 난 텔레비전이잖아요.

보존과학자1　이건 그냥 텔레비전이 아니에요.

전문가들, 저마다의 방식대로 텔레비전을 관찰한다.

유리　　　오래 못 가겠는데요?

알루미늄　금세 부서질 것 같아요.

철　　　지금까지 버티고 있는 게 신기할 정도예요.

유리　　　눈이 아주 크네요.

알루미늄　눈이 어디에 있다는 거죠?

유리　　　전체가 눈이잖아요. 시각을 특화시켜 하나의 기계
　　　　　로 만들었어요.

알루미늄　흥미로운 발상인데요?

유리　　　이름도 걸맞게 잘 지었어요. tele-vision!

알루미늄　시각을 전송시킨다고요?

유리　　　멀리에 있는 걸 가져와서 본다는 뜻이죠.

알루미늄　타임머신인가요?

철　　　이미 일어난 사건을 되돌릴 순 없어요.

유리　　　녹화된 영상을 다시 보여 주면 그게 바로 타임머신
　　　　　아닌가요? 지구 반대편에서 일어나는 일을 생방송
　　　　　으로 보여 주는 것도요.

알루미늄	역시 옛날 사람들은 똑똑했어요.
철	그래 봤자 플라스틱 덩어리 아닙니까.
유리	그러니 썩지 않고 우리 눈앞에 있는 거죠.
알루미늄	안에 뭐가 많은데요? 구리, 철사, 알루미늄 판…
유리	메인 화면은 강화유리예요.
알루미늄	엄청 무거워 보여요.
철	초창기엔 다 그랬어요. 집채만 한 컴퓨터도 있었다고요.
유리	하나씩 뜯어 보면 재활용 가능한 게 많을지도요.
알루미늄	마침 잘됐네요. 순도 높은 알루미늄이 필요하던 참인데!
철	바로 분해하시죠?
보존과학자1	잠시만요. 다시 말씀드리지만 이건 다음 기획전시 메인 작품이에요.
철	그건 우리한테 그렇게 중요하지 않아요. 우리가 하는 일은 이 물건의 물질 성분을 파악하고 보존 가능성에 대해 논의해 보는 거예요.
보존과학자1	당연히 가능하게 만들어야죠.
알루미늄	이제 이 지구상에 더 이상 당연한 건 없어요.
철	온갖 재앙이 불어닥친 이후로, 우리가 흔히 당연하다고 생각했던 것들, 이를테면 뭔가 새로운 것을 만드는 일 같은 건 모두 멈춰 버렸지요.
보존과학자1	그러니까 소중히 다뤄 달라는 거예요. 더 이상 사라지면 안 되잖아요.
철	우리가 언제 물건을 막 다룬 적 있습니까?
보존과학자1	저기 죄송한데, 예술품이라고 불러 주시면 안 될까요?

철   그건,

유리   네, 그렇게 할게요.

보존과학자1 이건 아주 유명한 예술가의 아주 유명한 예술품이
        라고요.

알루미늄 근데 왜 수장고로 내려갔죠?

보존과학자1 그야 물론 전시실이 부족하니까 그런 거죠.

유리   어쨌거나 수장고 행이 결정되었다는 건 그만한 이
        유가 있어서 아닐까요?

철   돌려 말할 필요 있나요? 더 이상 그만한 가치가 없
        다는 거지요. 예술품은 누군가에게 전시될 때에야
        비로소 그 가치가 생기는 거니까요.

보존과학자1 지금은 꺼져 있지만, 여기에서 엄청난 영상들이 뿜
        어져 나온다고 생각해 보세요. 작가는 텔레비전 화
        면을 통해 자기만의 그림을 그린 거라고요.

철   아주 오래전에 유행했던 미디어아트지요.

보존과학자1 텔레비전들이 탑처럼 높이 쌓여 있고 오색찬란한
        영상들이 끊임없이 재생되는 거예요. 이건 그냥 예
        술품이 아니라 아주 어마어마한 예술품이라고요!

보존과학자1, 높이 쌓여 있는 텔레비전 탑을 상상해 본다.

알루미늄 와우, 실제로 보면 매우 장관이겠네요.

철   모아 놓으면 괜히 멋있어 보이지요. 많으면 많을수
        록 좋다는 옛말도 있지 않습니까.

보존과학자1 이 작품 제목이 바로 그거예요!

유리   나머지는 다 어디로 갔어요?

상상 속 텔레비전 탑은 금세 무너지고

보존과학자1 대재앙이요. 그때 전부 유실됐어요. 이거 딱 한 대
만 남고,

알루미늄 아… 숙연해지네요.

철 일어나는 일을 막을 수는 없지요.

알루미늄 그래도 안타까운 일이긴 하잖아요.

철 결국 우린 모두 끝을 향해 가고 있는 거지요.

유리 꼭 그렇게 정답만 말하지 않아도 괜찮아요.

보존과학자1, 텔레비전 가까이 다가가서

보존과학자1 이상하지 않아요? 대부분의 옛것들이 형체를 알 수
없게 되었거나 우주의 먼지로 변해 버린 이때에 왜
아직 이 텔레비전은 우리 눈앞에 남아 있는 걸까요?

철 꼭 그렇게 낭만적일 필요도 없지요.

보존과학자1 전부 다 사라지지 않은 데에는 분명 이유가 있을 거
라는 얘기예요.

보존과학자1, 눈빛이 반짝반짝하다.

유리 원형 유지가 쉽진 않을 거예요.

보존과학자1 아예 불가능한 건 아니에요. 우선 이 한 대만이라도
제대로 복원하면 나머지는 복제품으로 만들어 볼
수 있으니까요.

유리 그 많은 재료들을 다 어디에서 구하려고요?

알루미늄 이제 이 땅에 더 이상 재생 능력은 없어요.

철	생산 능력은 더더욱 없지요.
보존과학자1	그러니 여러분들 도움이 필요한 거죠. 전문가들이 시잖아요. 네?

전문가들, 딴청 피운다.

보존과학자1	일들 안 하실 거예요?
철	직업과 노동의 역사에서 땡땡이는 가장 인간다운 행동이지요.
유리	영상은 남아 있어요? 아까 말한 그 오색찬란한,
보존과학자1	데이터 수장고에 남아 있을 거예요. 찾는 데 시간이 좀 걸리겠지만요.
철	데이터가 이렇게 영원할 줄은 아무도 몰랐겠지요.
알루미늄	우주 전체가 데이터 쓰레기로 꽉 찬 느낌이에요.
보존과학자1	다 중요한 것들이에요. 그렇다고 전부 버릴 수는 없잖아요.
철	가끔은 기억하지 않기를 선택하는 것도 방법이지요.
유리	일단 그 영상을 찾아서 다른 방식으로 재생시켜 보는 거에 만족하고, 이건 이제 그만 보내 주는 게 어때요?
철	형태를 유지하는 것만이 보존은 아니지요. 분해해서 여러 활용 방안을 찾는 것도 넓게 보면 보존이지요.
알루미늄	최소한의 것들만 남겨 두는 게 미덕인 시대잖아요. 이미 꽤 많은 국가 유산들도 폐기 처분되고 있는 상황이고요. 지금까지 너무 많은 예술품들이 오랫동안 보존되어 왔어요.

철　　　　그로 인해 환경은 더욱 나빠졌고, 지금 손실도 어마어마하지요.

보존과학자1, 빠져들 듯 텔레비전을 바라보며

보존과학자1　저는 이 텔레비전을 꼭 다시 작동시켜 보고 싶어요. 그때의 찬란함을 다시 마주하고 싶어요. 분명 뭔가 있을 거예요. 새로운 걸 찾을 수 있을 거예요.

유리　　　무너진 걸 다시 일으켜 세운다는 게 쉬운 일은 아니에요.

보존과학자1　저 보존과학자, 1이잖아요.

알루미늄　아무도 못 따라가죠, 그 열정은.

철　　　　일단 뜯어보고 얘기합시다.

보존과학자1　네, 그럼 이제 시작하겠습니다.

보존과학자1,
양손에 깨끗한 장갑을 끼고
조금은 낡아 보이는 장비들을 가지고
텔레비전을 관찰한다.
조심스럽게 매만진다.
아주 정성스럽게 먼지를 닦아낸다.
여기는 미래의 보존과학실이다.

3.

아버지, 텔레비전 앞에 앉아 있다.
텔레비전을 보는 건지 조는 건지 알 수 없다.
아주 오랫동안 그곳에 머물러 있던 것만 같다.

첫째, 창문 밖에서

첫째　　　아빠, 문 좀 열어 봐. 거기 있는 거 다 알아. 지금 나
　　　　　　보고 있잖아, 응? 오늘 힘든 일이 좀 있었어. 아빠한
　　　　　　테 위로받고 싶어서 왔어.

아버지, 꾸벅꾸벅 존다.

첫째　　　아빠, 거기 없어? 있으면 대답 좀 해 줘. 난 왜 아무리
　　　　　　해도 안 되지? 재능이 없나? 어쩜 하는 일마다 족족
　　　　　　전부 다, 이렇게 안 풀릴 수가 있어? 아무래도 결국
　　　　　　돈인 거 같아. 잘되는 애들은 다 집에 돈이 많거든.
　　　　　　아빠, 나 다시 돈 벌 거야. 이 세상을 가질 거야! 그래
　　　　　　서 말인데, 아빠… 돈 좀 있어? 뭘 해 보려고 해도 기

본 자금이 있어야 하잖아. 나 돈 좀 빌려주라. 아빠, 아빠!

비가 오기 시작한다.

첫째　　아씨, 뭐야? 아빠, 밖에 비 와. 비 온다고. 난 집 없어서 매일 이렇게 비 맞는다? 우산도 없어서 자꾸 이렇게 비 맞아. 아빠, 진짜 거기 없어? 아빠!

첫째, 비를 피해 어디론가 가 버린다.

둘째, 문을 열고 들어온다.
아버지, 계속 꾸벅꾸벅 졸고 있다.
둘째, 텔레비전을 끄기 위해 리모컨을 찾아 든다.

아버지　　끄지 마.
둘째　　안 잤어?
아버지　　이제 나올 거야.
둘째　　……
아버지　　곧 나올 거라고.
둘째　　나오긴 누가 나와?
아버지　　저기, 텔레비전에, 나오잖아.

아버지, 텔레비전 화면을 가리키며

아버지　　어, 저기, 저 사람!
둘째　　어디? 누구? 이 사람?

아버지	아니, 앞에 얼굴 크게 나오는 사람 말고, 방금 휙 지나간 사람 말이야.
둘째	도대체 누가 어디에 있다는 거야?
아버지	에이, 또 지나가 버렸네.

아버지, 계속 텔레비전을 본다.
둘째, 그 모습을 바라보다 고개 돌린다.

셋째, 문을 열고 들어온다.

셋째	나 왔어.
둘째	오늘은 어디까지 갔다 왔어?
셋째	한강 찍고 왔지.
둘째	다시 돌아올 거 뭘 그렇게 달려?
셋째	좋잖아. 다리도 튼튼해지고,
둘째	얼마나 더 건강해지려고?
셋째	기주라고, 내 친구. 중학교 3년 내내 같은 반이었잖아.
둘째	어, 알아. 기억나.
셋째	죽었대. 갔대, 지난주 금요일에,
둘째	그래?
셋째	간암이었대. 3년 앓았대.
둘째	그랬구나.
셋째	응.
둘째	사람마다 시간은 다르게 흘러가니까.
셋째	그래서 더 열심히 달리려고.
둘째	그래, 더 열심히 달려. 아빠는 매일 TV만 보고, 넌

매일 다시 돌아올 길을 달리고,

셋째   왜 나한테 그래?

둘째   벌써 10년째야. 엄마 떠나고,

셋째, 텔레비전을 바라보며

셋째   저거 버릴까?

둘째   너 그 얘기만 몇 번째인지 알아?

셋째   그냥 새거 사 오면 되잖아.

둘째   그 얘기 한 지도 한참 지났어.

셋째   내일 진짜 사 온다, 내가.

둘째   됐어. 아빠 말고 보는 사람도 없잖아.

셋째   화면도 잘 안 나온다며.

둘째   몰라. 아빠한테 가서 물어봐.

셋째, 아버지 곁으로 간다.

셋째   아빠, 그 안에 뭐 있어?

아버지   이곳에는 다 있어.

셋째   나도 들어가도 돼?

아버지   들어와.

셋째, 텔레비전 앞에 가 앉는다.

둘째   뭐 해?

셋째, 둘째에게도 오라고 손짓한다.

둘째, 못 이기는 척 텔레비전 앞에 가 앉는다.

셋째   온 가족이 텔레비전 앞에 다 모였네.

아버지   엄마가 없잖아.

셋째   ……

아버지   첫째도 없고,

둘째, 셋째의 눈치를 본다.

아버지   어디에서 헤매고 있는지,

셋째, 둘째를 바라본다.

둘째   나도 몰라.

셋째   연락하잖아.

둘째   아니거든?

셋째   더는 못 줘. 그거 내 등록금이었어.

아버지   그래도 너무 미워하지는 말자.

둘째   왔었어?

아버지   아니.

셋째   문 열어 주지 마.

아버지   안 왔어.

세 사람, 함께 텔레비전을 본다.

아버지   엄청 포근하고 평온해 보이지 않니? 저기, 저 텔레
비전 세상 말이야.

둘째	가끔 춥기도 하고 낯설기도 할 거야. 새하얀 눈이 내리기도 하고 때론 폭탄이 터지기도 하니까.
셋째	다행인 건 수시로 바꿀 수 있다는 거지.

셋째, 다른 채널로 바꾼다.

둘째	보기 싫으면 보지 않아도 되고,

둘째, 다른 채널로 바꾼다.

셋째	겪기 싫으면 피하면 그만이니까.

둘째와 셋째, 리모컨 쟁탈전을 벌인다.
아버지, 조용히 손을 내민다.
둘째와 셋째, 리모컨을 아버지에게 건네다.
아버지, 다른 채널로 바꾼다.

아버지	텔레비전 세상은 이 리모컨 하나면 충분해. 난 지금 나만의 방식으로 세상을 컨트롤하고 있는 거야.

아버지, 텔레비전 세상 속으로 점점 더 빠져든다.
둘째, 벌떡 일어나서

둘째	언제까지 모두 이렇게 살 수는 없잖아.
아버지	왜? 뭐가 문제야?
둘째	우리는 젊고, 더 큰 세상이 필요해.
셋째	거짓말. 돈 떨어져서 그러는 거잖아.

셋째, 벌떡 일어나서

셋째   아빠, 돈 벌러 나가지 않을래?
아버지   난 싫은데. 너희, 안 나가냐?
셋째   이제 우리 차례인가?
아버지   아무래도 그래야 하겠지?

셋째, 문을 열고 나가려다
둘째를 쳐다본다.

둘째   나도?

셋째, 고개를 끄덕이며

셋째   이제 우리가 돈을 집에 가져다줄 나이지, 받아 갈
                  나이는 아니잖아.

셋째, 문을 열고 나간다.
둘째, 문을 열고 나간다.

아버지, 혼자 남아 텔레비전을 본다.

둘째와 셋째 앞에 바깥세상이 펼쳐진다.
첫째도 거기에 있다.

첫째   여긴 무지 황량해. 삭막하고 악의 소굴 같아. 꿀잠
                  을 잘 수도 없고 늘 사람에 치여야 하지. 보기 싫어

도 봐야 하고 겪기 싫어도 겪어야 해. 치열한 경쟁 속에서 상처 입을 때마다 그곳이 그리워 울었어. 도태되고 무기력하더라도 마음 편한 그곳이 낫겠다 싶었어.

둘째와 셋째, 도망치듯 다시 문을 열고 들어가려 한다.

첫째　　　포기하려고?

둘째와 셋째, 머뭇거린다.

둘째　　　아빠는 이런 세상 속에서 무려 오십 년을 일했다고 했어.
셋째　　　아빠는 평온함을 누릴 권리가 있어.
둘째　　　이제 우리가 대신 이 세상을 살지.
셋째　　　그래, 그러자.

둘째와 셋째, 바깥세상을 향해 나아간다.

아버지, 계속 텔레비전만 보고 있다.

첫째, 다시 창문 밖에서

첫째　　　아빠! 나 왜 여기에 있지? 여기에 왜 와 있지? 지금 왜 비는 내리고, 그치지 않는 거야? 그야 당연히 비구름이 만들어졌으니까, 비구름은 왜 만들어졌지? 나는 왜 태어났어? 아빠, 거기 있어? 나는 도대체 뭐야? 왜 여기에 있는 거냐고, 아빠, 뭐라고 말 좀 해 줘!

아버지, 창문 밖을 향해

아버지   네 엄마랑 나는 서로 사랑해서 너흴 낳았다. 너흰 지금 하나의 우주를 만들고 있어. 곧 너희들 손 안에서 새로운 우주가 탄생할 거야.

텔레비전 화면 속에
온갖 문들이 나오고 있다.

아버지   저기 봐. 문이다, 문. 그래, 문이야.

아버지, 텔레비전 앞을 떠나지 않는다.

4.

문 앞에서
해체 작업이 한창이다.

림   안 움직이는데요?

힘써 보지만

송   끄떡도 안 해요.
아누   엄청 세게 박혀 있나 봐요.

다시 힘쓰는데
제제, 급히 들어온다.

제제   다들 멈추세요.
림   네?
제제   그만하시라고요. 철거하지 마세요.

잠시 작업을 멈추고

제제	안 없앨 거예요, 이 문. 계속 여기 둘 거예요.
송	갑자기 이러는 경우가 어디 있어요?
아누	그러지 말고 힘이나 보태요. 얼른 끝내자고요.

다시 작업을 재개하려는데

제제	아무래도 아닌 것 같아요. 이렇게 없애는 거요.
림	어차피 쓸모없잖아요. 이건 그냥 버려진 문이에요. 아무것도 아닌,
제제	누군가 기억하고 찾아올지도 모르잖아요.
송	오긴 누가 와요? 보면 몰라요? 여긴 온통 폐허라고요.
제제	그거야 볼 줄 모르는 사람들 얘기고요.

제제, 문 옆에 서서

제제	여기 우뚝 서 있는 이 문은, 강력한 모래바람에도 끄떡없는 문이에요. 주변에 있던 모든 것은 다 사라졌는데 이것만 살아남았어요.
아누	그래 봤자 곧 썩어 없어질걸요?
제제	이 문은 그냥 나무로 만든 게 아니에요. 나무처럼 보이는 복합재료를 사용했어요. 습도에 강해서 변형되지도 않고 벌레 먹을 위험도 없다고요.
림	그럼 처음부터 미리 알고 대비라도 했다는 거예요?
제제	제작에 관여한 분들이 모두 희생되어 정확한 건 알 수 없지만, 아주 튼튼한 문이라는 건 확실해요.

제제, 문을 우러러 바라보며

제제   앞으로 이 문은 점점 더 유명해질 거고 이 지역의 상징이 될 거예요. 이 문을 구경하기 위해 많은 사람들이 몰려들 거고 주변엔 높은 건축물들이 우후죽순 생겨날 거예요.

송   사람들이 왜 이걸 보러 와요? 이 문이 도대체 뭔데요?

제제   이 문이 처음 만들어졌을 때부터 이렇게 남겨지기까지, 제가 지금 모두 조사하고 있어요. 자료들은 많이 없지만, 모으고 또 모을 거예요. 두고 보세요. 이제 이 문은 잊지 않고 기억될 거예요. 제가 그렇게 만들 거예요.

다들 이렇게 해야 하나 싶다.

림   어떻게 할까요?

송   못 말리겠는데요?

아누   에이, 참.

다들 손 털고 물러선다.

아누   근데 그쪽은 누구신데 이러는 거예요?

제제   문지기요. 이제부터 그렇게 불러 주세요.

제제, 문 가까이 가 선다.
제법 늠름한 모습으로

폭우가 쏟아지기 시작한다.

림	비가 많이 오네요.
송	갑자기 쏟아지는데요?
아누	물이 고이고 있어요!
림	배수가 잘 안 되나 본데요?
송	어, 물이 점점 차올라요!

제제, 피할 생각 하지 않고

아누	조심해요!
제제	문을 지켜야죠!
아누	지금 그럴 때가 아니에요.
송	물이 강물처럼 불어나고 있어요!

거센 물줄기가 무대를 덮친다.

어두워졌다가 다시 밝아지면
서서히 문이 보인다.
문만 보인다. 또 그 문이다.

림, 송, 아누, 제제, 다시 문 앞으로 모여든다.
그렇게 이야기는 계속된다.

5.

보존과학자1,
텔레비전을 앞에 두고 골똘히 생각에 빠져 있다.

텔레비전은 분해가 한창이라
외관이 벗겨져 있고
내부가 드러나 있는 상태이다.
주변에 텔레비전 부품들이 펼쳐져 있다.

전문가들, 저마다의 방식대로 떨어져 나온 텔레비전 부품들을
분석 중이다.

유리   '오늘'은 밖에 비가 아주 많이 오는 모양이에요.
철   하늘이 찢어질 것 같군요.
알루미늄   또 무슨 일이 있을까요?
철   모르는 일이지요.
유리   날씨가 너무 극단적이에요.
철   사계절이 뚜렷하던 때가 좋았지요.
알루미늄   '오늘' 아침에 일어나 거울을 보는데, 얼굴이 엄청

수척해진 거예요. 아, 또 이렇게 순도 높은 알루미늄이 지구상에서 줄어들고 있구나, 한참을 울었어요.

유리 그래도 거울을 보긴 봤네요. 저는 자꾸만 눈앞이 흐릿해지는 게 이제 잘 보이지도 않고, 여기저기 생긴 얼룩은 아무리 닦아도 지워지지가 않아요.

철 다들 저보다는 낫습니다. 저는 온몸에 생긴 새빨간 녹이 없어지질 않네요.

유리 전문가, 철 전문가를 한번 쳐다보고는

유리 죄송합니다, 철 전문가님.

철 아닙니다, 구리 전문가님.

유리 구리가 아니고 유리입니다.

철 죄송합니다.

알루미늄 구리 전문가님은 얼마 전에 가셨지요.

유리 이제 철 전문가님 차례입니다.

철 네?

유리 '오늘', 말입니다.

철 아… 순간 가슴이 철렁했습니다.

유리 천 년을 살아도 매일 똑같은 기분인가 봅니다.

철 내일은 좀 더 유연해지기를 바랄 뿐이지요.

유리 이제 그만하실까요?

철 '오늘'은 그게 좋겠습니다.

전문가들, 분석에 열중한다.

알루미늄 다들 진전이 좀 있나요?

유리	계속 들여다봤더니 눈이 점점 뻑뻑해져요.
알루미늄	천 년 전까지 어느 세월에 돌아가요?
철	금방이지요. 더 오래된 것도 많이 봐 왔잖아요.
알루미늄	제가 아는데, 이거 분명 삽질이에요.
유리	원래 모든 일이 다 삽질이에요.
알루미늄	그걸 알면서도 해요?
철	그럼요. 다 알면서도 하는 거지요.
알루미늄	왜요?
유리	가만히 있으면 심심하잖아요.
알루미늄	아, 진짜 너무해요.
유리	이 길쭉한 선 좀 보세요. 이게 전기를 끌어와 연결시킬 거예요.
알루미늄	설마 그 안에 있는 게 전부 알루미늄이에요?
철	전선이 없어진 지도 아주 오래됐지요.

알루미늄 전문가, 문득

알루미늄	우리가 하는 일이요, 너무 과거로만 가고 있는 것 같지 않아요?
유리	그래서 더 재미있지 않아요? 알면서도 모르겠는, 미지의 세계잖아요.
알루미늄	그건 앞으로 올 미래에 해당하는 얘기죠.
철	꼭 그렇게 구분하지 않아도 돼요. 어차피 우린 과거에도 있었고 지금도 있고 미래에도 있을 거니까.
유리	있을까요? 미래에?
철	글쎄요, 선뜻 대답이 안 나오네요.
유리	제가 너무 심각한 질문을 했나요?

철	있긴 있지 않을까요? 쓸데없는 일을 조금만 줄인다면,
알루미늄	지금 우리가 그 쓸데없는 일을 돕는 것 같은데요?
유리	너무 그렇게 생각하지는 말자고요. 이 정도 분석은 해 줄 수 있는 거니까.
철	그나저나 실무자는 뭐하고 우리끼리 이러고 있는 겁니까?

전문가들, 보존과학자1을 빤히 바라본다.

유리	같은 공간에 있는 것 같지 않은데요?

알루미늄 전문가, 큰 소리로

알루미늄	어디 멀리 가셨어요?

보존과학자1, 그때서야

보존과학자1	네? 무슨 얘기하셨죠?
알루미늄	뭘 그리 골똘히 생각해요?
철	우리끼리 한참 떠들었지요.
보존과학자1	죄송해요.

보존과학자1, 다시 텔레비전을 분해하기 시작한다.

유리	무슨 일 있어요? 요새 자주 그러네요?
보존과학자1	이상하게 계속 같은 꿈을 꿔요.

알루미늄　또 꿨어요? 그때 말한 그 꿈?

보존과학자1　자꾸 제 손으로 뭘 망가뜨려요.

알루미늄　더 자세히 얘기해 줘요. 우리 중 유일하게 꿈꿀 수 있잖아요.

보존과학자1, 꿈꾸듯

보존과학자1　어떤 물건 앞에 서 있어요. 물건은 좀 멀리에 있어서 실루엣만 보이고요. 자세히 보기 위해 물건 가까이 다가가요. 한 걸음, 두 걸음… 문제는 여기부터예요. 물건을 보자마자 제가 그걸 집어 던지는 거예요.

알루미늄　그게 뭐였는데요?

보존과학자1　그 부분이 잘 기억나지 않아요.

보존과학자1, 자신의 손을 바라보며

보존과학자1　전 보존하는 역할이지, 부수는 역할이 아니에요. 일상에서도 망가진 물건을 보면 고치고 싶은 마음이 들지 망가뜨리고 싶은 마음이 들지 않아요. 근데 왜 자꾸 이런 꿈을 꾸는 걸까요?

유리　이번 일을 잘해내야 한다는 부담감 아닐까요?

철　그렇다고 왜 이걸 부수겠어요. 누구보다 소중히 다루고 있는데,

알루미늄　지금 그러고 있잖아요.

보존과학자1　네?

알루미늄　아니 제 말은, 지금 여기에 얼마나 많은 에너지가

들어가느냐 이거예요. 그렇게 되면 궁극적으로 지구를 망가뜨리는 거나 마찬가지니까요.

보존과학자1 그건 다 끝난 얘기잖아요. 우리의 목표를 잊으면 안 돼요.

알루미늄 우리의 목표가 뭔데요?

보존과학자1 이걸 보존해야죠.

철 엄밀히 말하면, '보존'이 아니라 '복원'을 하는 거지요. 이미 오래전에 망가진 걸 예전 모습 그대로 다시 되돌리려고 하잖아요.

보존과학자1 그게 바로 지금 제가 해야 할 일이에요.

보존과학자1, 다시 하던 일을 계속한다.
전문가들도 계속해서 텔레비전 부품들을 분석한다.

철 워낙 열정적이니 돕고 있긴 하지만, 그다지 신선하진 않을 거예요. 그 이후로 신기술을 접목한 예술작품이 얼마나 많이 나왔습니까.

보존과학자1 처음이니까 더 가치가 있는 거죠. 그리고 요샌 새로운 예술작품이 나오지 않잖아요.

철 그게 바로 미술관이 점점 박물관이 되어 가는 이유지요.

유리 박물관은 점점 사라지고 있고요.

알루미늄 저는 정말 지구의 미래만 생각하면 잠이 안 옵니다.

철 역시 젊어요. 참 미래지향적이에요.

알루미늄 저도 그렇게 젊지만은 않아요.

유리 보존과학자가 제일 젊지요.

철 인간 수명이 많이 늘었어요. 백 살인데 저렇게 팔팔

한 거 보면,

보존과학자1 자, 여러분의 손과 발이 여기 있습니다. 뭐부터 하면 될까요?

보존과학자1, 전문가들이 있는 쪽으로 간다.

유리 화면 자체를 아예 다시 갈아 끼워야 할 것 같은데요? 겉으로 보기엔 멀쩡해 보여도, 미세하게 다 깨져 있어요.

철 겉으로 봐도 그렇게 멀쩡해 보이진 않아요.

유리 수장고에 있는 동안 아예 산소 접촉을 차단한 건 잘한 일인데, 이미 그 전에 손상이 다 이루어졌어요.

보존과학자1 아무래도 빈틈을 파고 들어오는 모래바람을 이길 순 없었을 거예요.

알루미늄 유리 전문가님, 모래바람 좀 어떻게 해 보세요.

유리 우리 그 전문가라는 말 이제 안 쓰면 안 돼요?

철 왜요? 난 듣기 좋은데, 뭔가 대단한 역할이 주어진 것 같잖아요.

유리 인간이라고 해서 모두가 인간 전문가는 아니잖아요.

알루미늄 말 돌리지 마시고요. 이러다 우리 전부 다 사라지겠어요.

유리 사막에서 불어오는 바람을 제가 무슨 수로 막아요?

알루미늄 솔직히 말해 봐요. 모래바람이 불어오면 유리 전문가님한테는 더 좋은 거 아니에요?

철 아, 그걸 모아서 유리를 만들어 볼 수도 있겠네요.

유리 그 전에 제가 먼저 사라지겠죠.

알루미늄	타임머신이 있다면 과거로 돌아가서 사람들한테 나무 좀 많이 심으라고 말하고 싶어요.
철	이 텔레비전에 대고 말해 봐요.
알루미늄	저 지금 농담하는 거 아니에요.
보존과학자1	화면 교체는 한번 생각해 볼게요. 과거에도 이미 여러 번 이루어졌다고 하니까요.
유리	그렇게 계속 교체하고 나면 이걸 만든 사람은 누가 되는 거예요? 아니, 그렇잖아요. 이미 이걸 만든 작가는 오래전에 죽었고 그 이후에 수많은 사람들 손에 의해 다시 만들어지는 거면, 이 작품의 진짜 작가는 누구냐고요.

아무도 선뜻 대답하지 못한다.

유리	제가 또 너무 심각한 질문을 했나요?
보존과학자1	그거야 당연히…

알루미늄 전문가, 텔레비전 부품들을 확인해 보며

알루미늄	화면뿐 아니라 대부분의 부품들 생산 시기가 서로 다른데요?
보존과학자1	그게 그러니까… 이 작품은 처음 만들어지고 나서 대대적인 수리가 몇 차례 이루어졌어요. 기계 노후가 원인이라 어쩔 수 없이, 같은 모델이기는 하나 새로운 기기로 전면 교체된 거죠. 이 텔레비전도 아마 그때 교체된 것 중에 하나라고 볼 수 있을 것 같아요.

유리	일부 부품만이 아니라 기기 전체가 교체됐다고요? 그것도 여러 번? 그렇다면 이게 누구 작품이냐의 문제가 아니라 과연 예술작품이기는 한가 싶은데요? 텔레비전을 통해서 흘러나오는 영상이야 당연히 작가가 만든 예술품이라고 할 수 있겠지만, 그걸 내보내는 이건… 한낱 기계에 불과한 거 아닌가요?
철	제가 처음부터 말했잖아요. 이건 예술품이 아니라 그냥 텔레비전이라고,
알루미늄	우리 지금까지 삽질한 거 맞죠? 어떡해요, 저 이거 계속해요, 말아요?
보존과학자1	미디어 아트에서 기기 교체는 어쩔 수 없는 부분이에요. 기계한테도 수명이라는 게 있으니까요.
철	예술작품을 만들면서 그런 기계를 썼다는 것부터가 애초에 보존할 마음이 없는 거지요.
보존과학자1	왜 자꾸 그렇게 말하는 기예요? 그럼 도대체 어떤 걸 보존해야 하죠?
알루미늄	왜 자꾸 영원하지도 않은 것들을 처음 만들어진 시대에 붙들어 두려고 해요? 그냥 사라지도록 놔두면 되잖아요.
보존과학자1	모두 사라지고 나면 어떤 게 의미 있어요?
유리	의미… 없죠. 아무것도 없어요. 우리는 전부 다, 아무것도 아니에요. 그냥… 여기 있는 거예요.
보존과학자1	의미가 왜 없어요? 저한테는 다 의미예요. 이 예술품도 의미 있고, 이 미술관에 있는 모든 것들, 전시실에 있는 것들, 수장고에 있는 것들, 지금 이 보존과학실 안에 있는 모든 게 다 의미 있어요. 그래서 그걸 지키려고 하는 거예요.

철	도대체 의미가 뭔가요? 거기에 너무 매여 있는 거 아닌가요? 어차피 다 부여하기 나름이잖아요.
보존과학자1	그렇다면 저는 여기에 의미를 부여하겠다고요. 의미가 없으면 어떻게 살아요? 다 의미 없다고 치면, 살 이유가 없는 거잖아요. 안 그래요?

알루미늄 전문가, 뭔가 발견한 듯

알루미늄	잠시만요. 이게 뭐죠?
철	왜요? 의미 있는 거라도 나왔습니까?
알루미늄	이리 좀 와 보세요.
유리	뭔데 그래요?
알루미늄	이건 여기에 있을 만한 게 아닌데요?

보존과학자1, 다가가서 살펴본다.

보존과학자1	아무래도 이건… 따로 분석을 좀 해 봐야겠어요.

텔레비전 부품들, 하나둘 꿈틀거리며 반응한다.

6.

아버지, 텔레비전 앞에 앉아
또 꾸벅꾸벅 졸고 있다.
집 안에 존재하는 하나의 사물 같기도 하다.

둘째와 셋째, 먼지들 속에서
각자의 부업에 열중하고 있다.

둘째　　쌓고 올리고 내리고
셋째　　올리고 쌓고 내리고
둘째　　내리고 쌓고 올리고
셋째　　내리고 쌓고 내리고
둘째　　쌓고 내리고 올리고
셋째　　올리고 내리고 쌓고
둘째　　올리고 쌓고 올리고
셋째　　내리고 올리고 내리고 쌓고 올리고 쌓고…

둘째, 문득

둘째	너 좀 신난 것 같다?
셋째	난 뭐든 열심이잖아.
둘째	넌 이게 좋아?
셋째	속도가 빨라지는 게 좋아. 점점 실력이 늘고 있대. 오늘은 칭찬도 받았어.
둘째	난 내가 기계 같아서 싫어. 난 네가 기계 같아서 싫어.

셋째, 잠시 멈추고

셋째	그 정도는 아니야.
둘째	그럼 왜 계속 이것만 반복하고 있는 거야? 왜 너는 아침에 일어나서 밥을 먹고 커피를 마시고 출근을 하고 퇴근을 하는 거야? 왜 또다시 일어나서 밥을 먹고 커피를 마시고,
셋째	집중해서 좀 하면 안 될까?
둘째	……
셋째	나처럼 손으로 만드는 것도 아니고 컴퓨터 앞에서 클릭하면서 일하는 건데 뭐가 그렇게 힘들다는 거야?
둘째	낮에도 하루 종일 나가서 작업하고, 밤에도 이렇게 집에서까지 일하고 있는데, 그럼 안 힘들어? 남들도 다 힘들게 산다, 뭐 그런 얘기는 하지 마. 난 지금 너랑 내 얘기를 하고 있는 거니까.
셋째	그런 얘기 말고 재미있는 얘기 하면 안 돼?
둘째	넌 뭐가 재미있어?
셋째	나 요새 자꾸 연예인 꿈꾼다?

둘째	누가 나왔는데?
셋째	지드래곤, 지민, 아이유, 제니, 다 나왔어. 연예인 꿈은 성공하는 꿈이래. 유명하면 유명할수록 더 크게 성공한대.
둘째	너 성공하고 싶어?
셋째	…당연하지.
둘째	뭐 해서?
셋째	글쎄, 문 부수기로 일등 하면 되지 않을까? 나 요새 거기서도 칭찬 엄청 받아.
둘째	그럼 되겠네.

셋째, 신나서

셋째	우리 계속 꿈 얘기하자.
둘째	난… 어떤 문 앞이었는데, 작은 개 한 마리랑 마주쳤다? 문 앞을 지키고 있는 건지, 아니면 그냥 서성이고 있는 건지, 짖지도 않고 그냥 가만히 나를 쳐다보고 있는 거야. 그래서 내가 싸우자니까, 절대 안 싸우는 거야. 싸우자. 싸우자니까. 왜 나랑 안 싸우는 거야? 어서 이리 와. 나랑 싸우자. 나 싸우고 싶어. 미치도록 싸우고 싶어. 근데 싸울 게 없어. 아무것도.
셋째	그게 다야?
둘째	응.
셋째	시시하네.
둘째	응, 시시한 꿈이야.
셋째	왜 꿈에서도 솔직하지 못해?

둘째	……
셋째	꿈에서라도 해 봐야지.
둘째	하늘이라도 날까?
셋째	내려올 때 아프겠네.

둘째와 셋째, 작업은 계속되고

둘째	쌓고 올리고 내리고
셋째	올리고 쌓고 내리고
둘째	내리고 쌓고 올리고
셋째	올리고… 올리고… 올리고… 올리고… 올리고…

셋째, 움직임이 이상하다.

둘째	왜?
셋째	손에 쥐 났어.
둘째	주물러.
셋째	이거 봐. 나 기계 아니잖아.
둘째	기계도 고장 나.
셋째	아, 그러네.
둘째	도와줘?
셋째	다 했어?
둘째	오늘 분량은 끝났어.
셋째	그럼 조금만 부탁할게.

둘째, 셋째 작업을 돕는다.

둘째	쌓고… 올리고… 내리고…
셋째	아니, 이걸 여기에 붙여야지. 아니, 여기 이 조각을 여기에 이어 붙이라고,
둘째	아, 알겠어. 하다 보면 금방 터득한다니까.
셋째	조심해. 한 조각이라도 잃어버리면 안 돼.
둘째	까다롭네. 왜 이렇게 어려운 걸 맡았어?
셋째	이게 조금 더 비싸거든.
둘째	고장 날 만하네.

둘째, 점점 속도가 붙는다.

셋째	오, 점점 빨라지는데?
둘째	그래? 괜찮아?
셋째	응, 잘하고 있어.
둘째	칭찬받으니끼 좋다.
셋째	그치? 그렇다니까.
둘째	요새는 달리기 안 해?
셋째	난 이제 더 이상 의미 없이 달리지 않아.
둘째	운동 안 하니까 몸이 망가지는 거야.
셋째	왠지 시간 낭비 같아서. 그 시간이면 더 많은 일을 할 수 있잖아.
둘째	……
셋째	다시 할까?
둘째	맘대로 해.
셋째	이것도 운동 아닌가?

셋째, 고장 난 손으로 계속 작업을 이어 간다.

셋째   내리고 올리고 내리고 쌓고 올리고 쌓고…

밖에서 개 짖는 소리 들리고
아버지, 문득 깨어 흘린 침을 닦는다.

7.

첫째, 문 앞에서

첫째   저기, 저 문 말이야. 저게 나 아주 어렸을 때부터 있었거든. 너야 이 동네 잘 모르겠지만, 이 동네에서는 나름 유명해. 어때, 괜찮지? 이 동네 치고 분위기기 좀 다르잖아. 운치 있고, …그래? 난 좋은데, 하긴 넌 이 동네 사람이 아니니까, 잘 모를 수도 있지. 이 동네에도 저 문 싫어하는 애들 있었어. 이 동네랑 저 동네 가르는 문이라고. 장식도 그렇고, 잘 보면 이쪽이랑 저쪽 색깔이 묘하게 달라. 꼭 저쪽 동네로 넘어가면 안 된다고 경고하는 것 같거든.

상대방이 뭐라 이야기하지만 잘 들리지 않는다.

첫째   그러고 보니 너 표정이 좀 변한 것 같다? 처음 만났을 땐 세상 끝난 것 같은 표정이더니, 지금은 밝아졌어. 무슨 일인데 그래? 뜸 들이지 말고 얘기해 봐. 아… 그래? 축하한다, 야. 잘됐네. 아까 식당에서 연락받은 거야? 바로 얘기하지. 난 너 안 된 줄 알고 오늘 만나자고 한 건데… 야, 넌 되고 나서 왜 그런 소리를 하냐? 당연히 잘할 수 있지. 난 네가 잘될 줄 알았다니까. 잘해라. 진짜 좋은 기회잖아. 내 반응이 뭐? 축하해 줬잖아. 그럼 뭐 내가 얼마나 더 축하한다고 해줘야 돼? 앓는 소리 할 때는 언제고, 넌 꼭 이렇다니까. 엄청 잘하고 있네. 힘든 거야 다 똑같지. 결국 잘됐으면서 뭘 그래. 잠깐, 그럼 오늘 왜 내가 밥 샀지? 네가 샀어야지. 식당에서 연락받은 거면 계산 네가 했어도 됐잖아. 아무리 얼떨떨해도 그렇지, 넌 꼭 그렇게 나한테 얻어먹어야 되냐? 물론 오늘 내가 밥 사기로 해서 만난 건 맞는데, 상황이 바뀌었잖아. 축하한다고. 누가 뭐래? 아, 진짜 너무하네. 너 내 상황 몰라? 난 지금 포기 직전이야. 좀 알아 달라고. 그래, 난 너 항상 응원하잖아. …그래서 말인데, 너 돈 좀 있냐?

상대방이 먼저 자리를 떠난다.

첫째, 문을 열고 들어가려는데
문이 열리지 않는다.

첫째 저기요, 저기요, 문 좀 열어 주세요. 여기 사람이 있거든요. 제발 문 좀 열어 주세요. 나도 거기에 들어가고 싶어요. 분명히 열쇠가 있었는데, 내가 잃어버렸어요. 필요 없다고 생각하고, 더 큰 열쇠 갖겠다고 내가 버렸어요. 저기요, 제발, 나 거기 들어가고

싶어요. 여기에 있으면 나 너무 외롭고 추워서, 사
라져 버릴 것 같아요.

림, 송, 아누, 제제, 문을 꼭 붙잡고 있다. 열리지 않게,

8.

보존과학자1, 분석 결과에 대해 브리핑하고 있다.
다소 흥분한 상태이다.
그 앞에 다시 조립 중인 텔레비전이 있다.

전문가들, 각자의 자리에서 브리핑을 듣고 있다.
보존과학자1에 비해 심드렁하다.

보존과학자1 분석 결과 아주 흥미로운 지점이 발견됐어요. 어쩌면 여러 대를 복제할 필요 없이, 이 한 대만으로도 기대 이상의 전시 효과를 볼 수 있을 것 같아요.

철 원형 유지라는 보존 윤리를 깨뜨릴 만큼 강력한 건가요?

보존과학자1 새로운 작가 의도를 알게 되었다면요?

전문가들, 관심 보이기 시작한다.

보존과학자1 우선 이 예술품은 전시실에 머문 시간보다 다른 곳에 머문 시간이 훨씬 많아요. 물론 수장고에서 머물

렀던 긴 시간은 제외하고요.

유리   거기가 어딘데요?

보존과학자1   일반 가정집이요.

알루미늄   그럼 처음부터 전시될 목적으로 만들어진 게 아니네요?

보존과학자1   추론해 보건대, 바로 이걸 만든 작가의 집이 아닐까 싶어요.

알루미늄   자신이 쓰던 텔레비전을 가져다 둔 거라고요?

유리   설마요. 굳이 그럴 이유가 없잖아요.

보존과학자1   당연히 의도된 거죠.

알루미늄   어떤…

보존과학자1   보존되기 위해서요. 아주 오랫동안.

철   그렇게 쉽게 단정 지을 수 있는 건가요?

보존과학자1   보존되고 싶은 마음은 누구에게나 있는 강한 열망이에요. 저는 이 부분이, 무려 1003대의 텔레비전 중에 딱 한 대의 텔레비전만이 지금 우리 눈앞에 남아 있는 이유와도 연관되어 있을 거라 생각해요.

알루미늄   그렇다면 왜 사실대로 공개하지 않고 이렇게 숨겨 둔 거죠? 아예 이건 내 텔레비전이다, 명시해 둘 수도 있었잖아요.

유리   같은 생각이에요. 왜 여러 대의 텔레비전 속에 자신의 텔레비전을 숨겨 놓았을까요? 차라리 한 대의 텔레비전으로 만든 작품에 자신의 텔레비전을 쓰는 게 더 좋았을 텐데요.

보존과학자1   그야 당연히, 대표작이니까요.

보존과학자1, 텔레비전을 보는 눈빛이 더욱 반짝반짝해진다.

보존과학자1　만약 이게 '무언가'가 아니라 '누군가'라면 어때요?

철　　　　어떤 상상을 하고 있는 거지요?

보존과학자1, 다시 한 번 텔레비전 탑을 상상해 본다.

보존과학자1　죽기 전 작가는 자신의 대표작인 이 텔레비전 탑을
　　　　　유심히 바라보았을 거예요. 수없이 많은 텔레비전
　　　　　불빛들이 켜졌다 꺼졌다 반복하며 위용을 드러내
　　　　　고 있어요. 작가는 자신의 모든 예술세계가 이 안에
　　　　　들어 있다고 믿죠. 이제 곧 소멸의 길로 들어설 자
　　　　　신을 돌아보며, 언젠가 꺼지겠지만 어쩌면 영원할
　　　　　것도 같은 저 불빛을 바라보며… 나, 저 속으로 들
　　　　　어가고 싶어. 나, 저 텔레비전이 되고 싶어. 작가는
　　　　　생각한 거예요. 그래서 자신의 텔레비전 속에,

유리　　　작가의 영혼이라도 들어 있을까 봐요?

보존과학자1　영혼을 넘어서, 작가가 죽지 않고 살아 있는 거라면
　　　　　어때요?

철　　　　이 안에 작가가 들어 있다고요?

유리　　　너무 비과학적인 발상인데요?

알루미늄　아무리 그래도 보존'과학'자인데…

보존과학자1　중요한 건 작가 사후에 일어난 마지막 교체예요. 여
　　　　　기엔 쉽게 읽히지 않는 뭔가가 있어요. 천 년이라는
　　　　　시간 속에서도 끈질기게 살아남을 수 있었던 이유
　　　　　가 바로 여기에 있는 것 같아요. 지금으로서는 끝까
　　　　　지 책임지고 이걸 작동시켜 봐야겠다는 생각뿐이
　　　　　에요. 어쩌면 진짜 작가를 만날 수도 있을 것 같거
　　　　　든요.

철	간절한 마음은 알겠지만, 터무니없는 생각이지요.
보존과학자1	저도 알아요. 말도 안 되죠.

상상 속 텔레비전 탑은 다시 또 무너지고
텔레비전 빛들도 명멸하다 사라진다.
다시 초라한 텔레비전 한 대뿐이다.

유리	있네요, 여기. 아주 보잘것없는 모습으로.
철	있다는 것과 만난다는 것은 조금 다른 문제이지요. 있다는 건 혼자 감각하는 거고 만난다는 건 서로 함께 감각해야 하는 거니까요.
알루미늄	너무하다고 생각하지 않아요? 우리가 하는 일이, 좀 생산적일 수는 없는 거예요?
철	때론 만남이라는 게 시공간을 초월해서 감각되기도 하지요. 대개 환영이나 착각이기는 하지만,
보존과학자1	온통 암흑이에요. 이런 상황 속에서 제가 해 볼 수 있는 건 이런 엉뚱한 상상뿐이라고요.

보존과학자1, 텔레비전 조립을 이어 나간다.

알루미늄	수리는 어느 정도까지 진행된 거예요?
보존과학자1	화면 교체는 워낙 불가피한 상황이라 바로 진행했고 그 외에도 꼭 필요한 부품들은 전면 교체하고 있어요.
유리	재고 확보가 어떻게 가능했던 거예요?
보존과학자1	선택과 집중, 수장고에 있는 다른 미디어 작품들의 보존 여부를 재고해 보고 재활용할 부품들을 모은

거죠.

철 그렇다면 상대적으로 덜 유명한 작품들이 희생됐겠네요.

보존과학자1 희생이라는 표현은 좀 그렇고, 다시 만들어진 거죠. 재활용도 넓게 보면 보존이라고 말씀하셨잖아요.

알루미늄 이 작품이 특별대우를 받은 이유는 유명한 예술가의 작품이라서 그런 건가요?

보존과학자1 그 부분이 아예 배제되었다고 볼 수는 없어요. 의미라는 게 정말 주관적인 거라면, 개인적으로 이 작품의 의미가 점점 커지고 있는 것도 사실이고요.

알루미늄 결국 모든 것이 점점 사라져 가는 가운데 더 가치 있는 것들을 지켜내기 위해서 덜 가치 있다고 판단되는 것들은 좀 더 빨리 사라지겠네요.

철 굉장히 인간적이고, 자연스러운 과정이지요.

유리 지금까지 인류가 계속 그렇게 해 왔잖아요. 여기에 있는 우리도 언젠가는 그렇게 쓰이게 될 거고요.

보존과학자1, 눈치 보며 선뜻 말을 이어 가지 못한다.

알루미늄 설마 그 '언젠가는'이 '오늘'인가요?

보존과학자1 아직 교체하지 못한 부품이 하나 있어요.

알루미늄 그게 뭐죠?

보존과학자1 지속적으로 발생하는 열기를 막아 줄 단열재가 필요해요.

일제히 알루미늄 전문가를 바라본다.

알루미늄	왜 다 저를 쳐다보시는 거예요? 알루미늄판은 이미 여기에 있잖아요.
보존과학자1	지금 이 안에 들어 있는 건 이미 교체 시기가 훨씬 지났어요. 전선 쪽에서도 소량의 알루미늄이 좀 더 필요하고요.
알루미늄	이런 게 어디 있어요? 저는 알루미늄을 얻고 싶지 떼어 주고 싶지 않아요.

아무도 시선을 거두지 않는다.

알루미늄	저 순도 백 퍼센트예요.
철	정확히는 백 퍼센트가 아니지요.
알루미늄	거의 순도 백 퍼센트요! 이런 데 쓰이는 재료가 아니라고요!
유리	씁쓸하지만 이게 우리가 여기에 머물고 있는 이유이기도 하잖아요.
알루미늄	정말 너무해요. 이건 그냥 텔레비전이지 예술품이 아니라면서요.
철	다 녹슬어서 쓸모없는 것보다는 그래도 재활용되는 게 낫지 않습니까.

그때, 철 전문가의 한쪽 귀퉁이가 툭 하고 떨어진다.

알루미늄	어?
유리	철 전문가님…
철	아, 이런…
알루미늄	괜찮으세요?

철   네, 괜찮습니다.

철 전문가의 한쪽 귀퉁이가 또 툭 하고 떨어진다.

유리   정말 괜찮으세요?
철   정말 괜찮습니다.

보존과학자1, 철 전문가를 살핀다.

보존과학자1 죄송해요. 제가 바빠서 신경을 못 써 드렸어요.
철   누가 해결해 줄 수 있는 문제가 아니지요. 아무런
         도움이 못 되어 미안합니다.

알루미늄 전문가, 포기한 듯

알루미늄   필요한 만큼만 가져가셔야 해요.
유리   잘했어요. 큰 결심한 거예요.

보존과학자1, 양손에 장갑을 끼고
조금은 무서워 보이는 도구를 들고

보존과학자1 감사합니다. 최대한 빨리 끝낼게요.
알루미늄   얼마나 대단한 예술작품인지 보자고요!

알루미늄 전문가, 눈을 질끈 감는다.

보존과학자1 시작하겠습니다.

보존과학자1, 알루미늄 전문가의 일부를 떼어내어
텔레비전에게로 가져간다.
그 모습이 흡사 장기 이식 수술을 하는 장면 같다.

보존과학자1 이제 됐어요!

알루미늄 전문가, 깨어나지 않고 있다.
붕대를 감은 채로

유리   괜찮은 거예요?
철   알루미늄 전문가님, 가셨습니다.

알루미늄 전문가, 서서히 깨어나며

알루미늄   아직 남아 있어요.

그 와중에
텔레비전, 켜진다.
지지직거리며

텔레비전   저기…

모두가 놀라 서로를 바라본다.

9.

아버지, 어두운 방 안에
텔레비전 불빛 앞에
혼자 우두커니 앉아 있다.

텔레비전 화면 속에 아버지가 나온다.
조금 더 앳되어 보이는 모습이다.

아버지   어? 이거 진짜 생중계되는 건가요? 그럼 우리 가족
들이 볼 수도 있겠네요. 얘들아, 아빠 TV 나왔다! 보
고 있지?

화면 속 아버지, 연신 손을 흔들어 보인다.

아버지   이거 정말 우주까지 날아가는 거 맞아요? 그럼요.
가야죠. 꼭 갈 겁니다. 이제 인공위성 시대잖아요.

텔레비전 세상 속에서
아버지는 뛰어다닌다.

노래를 부르고
세계 여행을 하며
우주 속을 유영한다.

아버지, 화면 속 자신의 모습을 물끄러미 바라본다.

얼마 안 있어 텔레비전 화면이 멈춘다.
아버지, 리모컨을 써 보지만 잘 되지 않는다.

I0.

둘째, 문 앞에서

둘째   오늘따라 더 크고 웅장해 보이네요. 몇 번을 봐도
진짜 멋있어요. 그거 아세요? 이 작가분이랑 저희
아빠랑 띠동갑이에요. 선생님이랑 저랑 띠동갑이
잖아요. 네? 아, 이런 말 하면 안 되는 건가요? 저희
아빠랑 이분을 비교한 거요, 아니면 저랑 선생님을
비교한 거요? 아뇨, 그게 아니라, 제가 실례되는 얘
기를 한 건가 해서요. 여기에서 뵙게 줄은 몰랐는
데… 잘 지내셨어요? 최근에 작품 발표하셨다고…
아, 뒤늦게 건너서 들었어요. 못 가 봐서 죄송해요.
저는 요새 좀 쉬고 있어요. …선생님도 유학 다녀오
셨죠? 이 작가분도 외국에 엄청 오래 계셨잖아요.
저요? 저는 아무래도 못 갈 것 같아요. 네, 뭐,

상대방이 뭐라 길게 말한다.

둘째   예전에 저한테 그러셨잖아요. 왜 그렇게 세상을 단

순하게만 보려고 하냐고, 그래서 이거 하는 거 아니에요? 세상을 내가 보고 싶은 대로, 내 눈에 보이는 대로 다시 그려 보려고요. 이랬으면 좋겠다고 말하려고요, 내 눈엔 이렇게 보인다고 말하려고요. 전 구체적인 건 안 보고 싶어요. 그런 건 일상에서 진절머리 나게 보잖아요. 전 진짜 그런 거 안 보고 싶거든요. 근데 그게 잘 안 통하는 것 같아요. 네, 피해의식이라고 하셔도 좋아요. 맞을 거예요, 아마. 아뇨, 전혀요. 이건 우리 아빠 때문도 아니고 엄마 때문도 아니에요. 당연히 선생님 때문도 아니죠. 맞아요. 저는… 재능도 없고, 더 열심히 해 볼 자신도 없어요. 제가 떠나는 거예요. 더 이상 열리지 않는 문 앞에서 울고 싶지 않거든요. 저 때문이에요. 제가 저한테 만족을 못해요. 한 계단, 한 계단 올라갈수록 제 눈엔 더 위에 있는 계단이 보여요. 근데 도저히 이제 올라갈 자신이 없어요. 저는 여기까지인가 봐요. 제 형편에, 재능에, 안 맞는, 너무 위를 쳐다봤어요, 제가. 되도 않는… 걸 한답시고 떠들었어요. 늘 저한테 말씀하셨죠. 대표작 없다고. 네, 저 대표작 없어요. 매번 새로운 작품 시작할 때마다 이걸 내 대표작으로 만들겠다, 선생님 말씀 뼈에 새기면서 해 보는데 안 되는 걸 어떻게 해요. 제가 게을러요, 선생님. 저 아르바이트도 다 그만뒀어요. 그동안 모아 놓은 돈으로, 진짜 마지막으로 해 본 거예요. 너무 창피하고 오늘 이렇게 내뱉은 것에 대해서 또 며칠 후회하면서 살겠죠. 아니, 어쩌면 평생이요. 왜 제가 매일 이런 패배감을 느끼며 살아야 하는지 모르겠어요. 저한테 너무 좋은 걸 보여 주셨어요. 눈만 높아졌나 봐요. 저도 선생님이랑 같은 처지였다면 그래도 좀 쉬웠을까요? 저는 요즘 매일 무기력과 싸워요. 다른 게 아니라, 무기력이요. 작품이라든가 어떤 실적들? 결과들? 그런 게 다 무슨 소용이에요. 꿈에서도 못 싸워요, 저는. 가만히 누워서 머릿속으로만 정신없이 나돌아요. 그리고 일어나지 못해요. 이제 그만하겠다고요.

상대방이 또 뭐라 말한다.

둘째   어떻게 작품으로 세상을 구해요? 나 자신을 구할 수도 없는데… 나부터 어떻게 해 봐야죠. 내 삶부터… 아님 죽이기라도 할까요?

스스로 호흡을 가다듬고

둘째   죄송해요, 선생님. 제가, 너무,

상대방이 다시 뭐라 말한다.

둘째   아, 여기, 에서요? 작품 관리 보조로요? 아, 아뇨, 할게요. 해야죠. 돈 벌어야죠. 네, 감사합니다. 저 생각해 주는 사람은 선생님밖에 없네요. 네, 그럼,

상대방이 먼저 자리를 떠난다.

둘째, 한참을 가지 않고 문을 올려다본다.

림, 송, 아누, 제제, 문 꼭대기에 올라가 있다.

11.

아버지, 여전히 텔레비전 앞에 앉아 있다.

또 창문 밖에서
첫째, 운다. 서럽게—
아무 말 없이

둘째, 문을 열고 들어온다.
먼지투성이 옷을 입고

아버지, 텔레비전 화면을 가리키며

아버지	저기, 저기! 또 지나갔네.
둘째	이제 안 속아.
아버지	나 말고, 네 엄마 말이야.
둘째	진짜 봤어? 순식간이었잖아.
아버지	잠깐이었지만 분명히 봤어.
둘째	다른 사람인데 착각한 거 아니야? 화면도 이상하게 휘었잖아.

아버지	딱 보면 알지. 몇십 년을 같이 살았는데, 엄마는 지금 세계 이곳저곳을 돌아다니고 있는 거야.
둘째	걸어서 세계 속으로?
아버지	그게 네 엄마 꿈이었잖아.
둘째	엄마 꿈 그거 아니었는데, 엄마 꿈은 공부하는 거였어. 세계 여행은 아빠 꿈이었잖아.
아버지	내 꿈은 그림 그리는 거였어.
둘째	맞다. 아빠 그림 잘 그리지. 나 방학 숙제 못 해서 허둥대고 있을 때, 아빠가 옆에서 대신 그려 줬잖아. 그때 그 그림 진짜 멋있었는데, 아직도 선명히 기억나. 너무 잘 그려서 문제였다니까. 누가 봐도 아홉 살짜리가 그린 그림은 아니었어.
아버지	넌 왜 그런 것까지 기억하고 살아?
둘째	아빠가 할 얘기는 아니지.
아버지	머리 무거워. 좀 빼내.
둘째	지금이라도 다시 그림 그릴래? 미술 배우고 싶었는데 아무도 뒷바라지 안 해 줘서 못 했다며. 도에서 하는 큰 대회 나가서 상도 받고 그랬다며.
아버지	이제 손 굳어서 안 돼.
둘째	다시 시작해 보는 거지.
아버지	다 때가 있는 거야.
둘째	매일 TV만 보지 말고.
아버지	넌?
둘째	나 뭐,
아버지	다시 안 해?
둘째	뭘, 나 뭐 해?
아버지	아니야.

둘째	왜?
아버지	미안하다.
둘째	뭐가?
아버지	그냥.

아버지, 계속 텔레비전을 본다.
둘째, 그 모습을 바라보다 다시 고개 돌린다.

셋째, 문을 부수며 들어온다.
먼지투성이 옷을 입고

셋째	아빠, 이제 내가 돈 벌어 올 테니까 새 텔레비전 사!
아버지	너 요새 무슨 일 하는데?
셋째	재개발한다고 철거하는 중인데, 내가 주로 하는 일은 문 부수기야.
아버지	왜 부수는 일을 해? 만드는 일을 해야지.
셋째	계속 부수다 보면 만드는 날도 오지 않을까?
아버지	안 그래. 먼저 치고 나가야 돼. 사람은 늘 빠릿빠릿해야 한다. 잘 만드는 모습을 보여 줘. 넌 나 닮아서 손재주가 좋잖니. 어떤 상황에서도 뭐든 만들어 보일 수 있어야 하는 거야.
셋째	역시 아빠는 똑똑해.
아버지	난 학교 다닐 때도 매번 1등만 했어.
셋째	근데 지금은 왜 그래?
아버지	일을 너무 많이 해서 그래. 이제 몸이 안 움직여.
셋째	아빠 척추 하나는 내가 써 버렸지.
아버지	그렇지.

셋째	왜 아빠는 자식을 셋이나 낳았어?
아버지	지금 내 걱정 해 주는 거야?
셋째	아니, 내 걱정. 내 친구 동영이는 외동이어서 취업 준비도 다 집에서 지원받으면서 해. 걔도 나랑 똑같이 3수 해서 대학 들어갔는데,
아버지	왜 1년 까먹어? 넌 4수 했잖아. 그리고 걔는 스물아홉이라며, 넌 서른이잖아.
셋째	치사하네. 그게 그거 아니야?
아버지	엄연히 다르지. 예순아홉이랑 일흔이 다른 것처럼.
셋째	아빠, 난 나이 먹는 게 두렵다. 평생 이러다 끝나 버리면 어떡하지? 내 인생 계속 이렇게 쪼다처럼 살다가 종치는 거면 어떡해?
아버지	인생은 원래 쪼다 같은 거야.
셋째	내가 진짜 하고 싶은 게 뭔지 알지? 나 지금 그거 못 하고 있잖아. 무서워. 못 기다리고 내가 먼저 포기해 버릴까 봐. 내가 먼저 완전히 떠나보낼까 봐. 나 진짜 그거밖에 없었는데… 아빠, 나 뭔가 이룰 수 있을까? 그런 날이 올까?
아버지	TV를 봐. 저기에 답이 있다.

아버지, 텔레비전에서 눈을 떼지 않는다.

둘째와 셋째, 피곤에 지친 몸으로
아버지 옆으로, 텔레비전 앞으로 모여든다.

아버지	아까 텔레비전에서 뭐가 나왔는지 아니?

텔레비전 화면이 또 멈춘다.
리모컨 역시 되지 않는다.

둘째	고장 난 거 아니야?
셋째	이제 그만 버려.
아버지	아직 쓸 만한데 왜?
셋째	요새 이런 거 쓰는 사람 아빠밖에 없을걸.
아버지	사는 건 되감기가 안 되는데 이건 언제든 되감기가 되거든.

아버지, 계속 씨름 중이다.

아버지	너희 우주로 가는 기차 얘기 알아?
셋째	세상에 그런 게 어디 있어!
아버지	그러니까 특종인 거지. 그 기차의 종착점이 바로 텔레비전 세상의 정점인 인공위성이라는 거야. 이제 그 기차를 타려고 사람들이 여기저기에서 모여들 거래. 난 그 기차를 꼭 타야겠다. 거기 가서 인터뷰하면 네 엄마가 볼 거 아니야. 아마 우주 여행하겠다고 이미 거기에 와 있을지도 모르고. 워낙 여행 좋아하는 사람이니까.
둘째	엄마 여행 안 좋아한다니까!

아버지, 어떻게든 고쳐 보려 하지만 잘 되지 않는다.
더 이상 되감기가 되지 않는다.

둘째	도대체 언제까지 그럴 거야? 시간은 흐르고 있고,

세상은 계속 변하고 있어! 따라가기 버거울 만큼!

둘째와 셋째 앞에 다시 바깥세상이 펼쳐진다.
이번에도 첫째가 거기에 있다.

첫째   바깥세상에는 수많은 다른 아버지들이 군림하고
있어. 난 다른 아버지들이 너무 싫어서 매일 밤 베
개 속에서 울어. 내가 울수록 아빠가 매일 밤 더 작
아지는 것 같아. 내 눈물이 아빠한테 흘러 들어가서
아빠 몸을 적시고, 아빠 몸을 수축시키는 것 같아.

둘째   왜 거기에서 나올 수 없는 거야? 왜 계속 갇혀 지내
는 거냐고!

셋째   난 아빠가 바깥세상에도 있어 줬으면 좋겠어.

둘째   그만 나와. 아무도 아빠를 그 세계로 추방하지 않았
어.

셋째   이러다 우리, 아빠보다 다른 아버지들을 더 사랑하
게 될지도 몰라.

둘째   난 이미 그렇게 된 것 같아.

둘째, 떠난다.

아버지   가족인데 같이 살아야지 어디 가?

셋째   ......

셋째, 떠난다.
창문 밖도 조용하다.

멈춰 버린 화면 앞에서
아버지, 텔레비전을 하염없이 바라본다.

얼마간의 시간이 흐른다.
고요 속에서

아버지, 떠날 채비를 하며
창문 밖을 향해

아버지   이제 비는 그쳤어. 또 와도, 비는 언젠가 그친다.

아버지, 텔레비전 속으로 들어간다.

12.

텔레비전, 켜져 있다.
화면에 무언가 나오고 있으나
굉장히 일상적인…
오색찬란한 영상이 나오는 것은 아니다.
그것은 평범한 아버지의 얼굴이어도 좋다.

보존과학자1, 텔레비전에게

보존과학자1 백남준 씨?

텔레비전 ……

보존과학자1 다다익선, 아니에요?

텔레비전 그게…

보존과학자1 당연히 다다익선인 줄 알았어요. 엄청 가치 있고 의미 있는,

텔레비전 아니요. 저는…

보존과학자1 뭐 물론 다다익선 말고도 선생님이 텔레비전으로 만든 예술품은 많으니까요. TV 부처라든가, 굿모닝 미스터 오웰은 정말 최고예요. 어떻게 그런 생각

을 다 하셨어요?

텔레비전 저기, 제가…

보존과학자1 저 선생님 자서전도 다 찾아 읽었어요. 뭐 그렇게 길진 않지만, 거기에 다 써 두셨잖아요. 곧 있으면 딱 선생님 탄생 1000주년이거든요? 물론 선생님이 더 잘 아시겠지만, 암튼 거기 보면, 만일 내가 이때까지 여전히 살아 있다면 나는 천 살이 될 것이다. 그 뒤엔 만 살까지. 천 년 전에 이미 모든 것을 예상하고 우리한테 신호를 보낸, 아니 이렇게 살아 있을 자기 자신한테 신호를 보내 놓은 거잖아요.

텔레비전 세상에 천 년을 사는 사람이 도대체 어디에 있습니까?

보존과학자1 그러니까요! 선생님께서는 죽고 싶지 않았던 거예요. 그래서 이렇게 자신의 작품에 자신의 영혼을 불어넣은 거죠.

텔레비전 ……

보존과학자1 자, 이제 그만 자신을 밝히세요. 숨어 있을 이유 없잖아요. 안 그래요?

텔레비전 저, 아니에요.

보존과학자1 맞잖아요. 백남준 선생님이시잖아요. 제가 다 확인했다고요.

텔레비전 ……

보존과학자1 네?

텔레비전 저, 아니라니까요. 저는 그저…

보존과학자1 정말 아니에요? 아니라면 우리가 왜 이렇게 힘들게 선생님을…

보존과학자1, 전문가들의 눈치를 살핀다.
알루미늄 전문가, 여전히 붕대를 감고 있다.

텔레비전　　죄송합니다. 뭔가 엄청 애써 주신 것 같은데, 그렇
　　　　　　 다고 이 모든 것을 제가 원한 건 아니었어요.

보존과학자1　그럼 도대체 당신은 누구예요? 왜 거기에 들어가 있
　　　　　　 는 거예요?

텔레비전　　말하자면 얘기가 좀 복잡하고 긴데, 그게 그러니
　　　　　　 까… 저는…

보존과학자1　어서 말씀해 주세요.

텔레비전　　늘 궁금했어요. 제가 백남준인지, 아니면 백남준이
　　　　　　 만든 예술품인지, 아니면 백남준이 만든 예술품의
　　　　　　 일부인지, 아니면 백남준이 만든 예술품의 대체품
　　　　　　 인지… 이렇게 물어봐 주시니까, 이제야 다시 제대
　　　　　　 로 알 것 같아요. 저는 그냥 아무것도 아닌, 그저 지
　　　　　　 금 여기에서, 이 모습을 하고 있는,

보존과학자1　아무것도 아니라고요?

텔레비전　　네, 저는 그냥…

보존과학자1　말도 안 돼…

텔레비전　　미안합니다. 제가 아무것도 아니어서요.

보존과학자1　왜 당신이… 그냥…

보존과학자1,
텔레비전 가까이 다가간다.

텔레비전　　그러는 그쪽은 누구신지요?

알루미늄　　지구상에 유일한 생존자,

유리	최고의 보존과학자,
철	최후의 1인이지요.

보존과학자1,
텔레비전을 집어 던지려는데,

암전.

13.

먼지 자욱한 공사 현장에서
문 만들기와 문 부수기가 한창이다.
그 안에 셋째가 있다.

셋째, 문을 만들고 있다.

송, 셋째 옆으로 다가온다.

송	뭐 하냐?
셋째	문 만들어요.
송	부수라니까 왜 만들고 있어.
셋째	자투리 시간에 자투리 재료 가지고 만드는데 뭐가 문제예요?
송	어차피 다 버려질 것들이야.
셋째	알아요. 그냥 만들어 보는 거예요. 연습이라고 해야 하나?
송	쓸데없는 짓 하지 말고 쉴 땐 그냥 쉬어.
셋째	그래도 계속 이렇게 하다 보면 좀 나아지지 않을까

요?

송　너 가만히 못 있겠지? 가만히 있으면 막 불안하고
　　그러지?

셋째　네, 시간이 자꾸 흘러가는 게 느껴져요.

송　가만히 있어도 시간은 흘러가고, 불안하다고 계속
　　그렇게 움직여도 시간은 흘러간다.

아주 잠시 적막한 시간이 흐르고

송　야, 가자. 시간 다 됐어.

셋째　벌써요?

송　이거 봐. 난 시간이 한참 지난 것 같거든.

셋째　전 이거 만들었어요.

셋째, 자신이 만든 문을 보여 준다.

송　멋있다, 야. 애쓴 보람이 있네.

셋째　그래요? 괜찮아요?

송　건축과 다녔다더니 다르긴 하네.

셋째　졸업도 못 했는데요, 뭐.

송　두고 가.

셋째　다시 부숴야죠.

송　이따 고물상에서 오니까,

셋째　거기로 가면 좀 다른가요?

송　그래도 단번에 부서지진 않겠지.

림, 나타나서는

림	인마, 너 또 뭐 해?
셋째	……
림	부수라니까 왜 만들고 있어?
셋째	……
림	어서 다시 부숴.
셋째	제가 알아서 할게요.
림	어서 부수라니까.
송	바로 부순다고 하는 걸 내가 말렸어. 그냥 놔두면 누구라도 가져가겠지.
림	이런 쓰레기를 누가 가져간다고 그래?

셋째, 자신이 만든 문을 바라본다.

림	넌 부수는 역할이야, 만드는 역할이 아니라. 사람은 자기 주제를 알아야 해. 분수에 맞게 행동해야지. 내 말 새겨들어.

셋째, 자신이 만든 문을 부순다.
문이 산산조각 난다.

송	다들 일하러 갑시다. 자, 어서요.

셋째, 부서진 문을 뒤로한 채 자리를 떠난다.

아누와 제제, 무언가를 찾고 있다.

아누	아, 그러니까요. 다 만들어 놓은 게 망가질 줄 누가

	알았냐고요. 당장 내일모레 공연인데,
제제	어떻게든 방법을 구해 봐야죠.
아누	여기에 뭐 쓸 만한 게 있을까요?
제제	가끔 오면 뭔가 있더라고요.
아누	조금만 더 가면 고물상 있는데 거기로 가 보는 게 어때요?
제제	여기 철거하면서 나온 물건들이 전부 다 거기로 가는 거예요.

제제, 부서진 문 조각들을 찾아낸다.

제제	어? 이거 봐요.
아누	이게… 뭐죠?
제제	뭔가 문 비슷한 거 같지 않아요?
아누	에이, 이게 무슨 문이에요?
제제	지금 이건 문이 아니긴 한데, 한번 상상해 보면요.

아누, 다시 살펴본다.

아누	어떻게 잘하면 만들어 볼 수도 있겠는데요?
제제	작업실에 남아 있는 것들도 좀 활용하고요.
아누	그냥 가져가도 되겠죠?
제제	가는 길에 고물상에 얘기하죠, 뭐.
아누	죽으라는 법은 없나 봐요.
제제	어서 가요. 밤새워 만들려면 시간 없어요.
아누	이거 때문에 고생한 거 생각하면, 이 공연 천년만년 해야 돼요.

제제   에이, 그런 공연이 어디 있어요?

분위기 안 좋다.

제제   뭐 그럼 좋겠지만,

아누와 제제, 문 조각들을 주워 들고 나간다.

I4.

첫째, 문을 열어 보는데
문이 열린다.

첫째   아빠! 거기 있어? 오늘 좀 이상하네. 현관문이… 열
          려 있어. 나 들어간다. 진짜 들어간다.

첫째, 문을 열고 들어오며

첫째   집을 새로 지어야겠어, 아빠.

아버지가 있던 그곳에는 텔레비전만 덩그러니 놓여 있다.
텔레비전은 여느 때처럼 켜져 있고
그래서 한동안 첫째는 아버지의 부재를 인식하지 못한다.

첫째   밖에서 보면 아주 가관이야. 곧 무너질 것 같다고.
          알아, 이 집. 아빠가 젊었을 때 아주 열심히 일해서
          지은 집. 하지만 이제 너무 낡았어. 막내 태어나던
          해에 지었는데, 그게 벌써 삼십 년 전이잖아. 이 집

이 무슨 대단한 건축물도 아니고, 그때 아빠 친구 영식이 아저씬가? 그 사람이 대충 막 지은 거잖아. 곳곳에 문제도 많고, 처음엔 신축이라 그냥 살았지 이젠 온통 부실해. 말은 안 했지만, 나 여기 살 때, 매일 밤 집 무너질까 걱정한 적 많았어. 나만 그랬을까? 애들도 다 그랬을걸? 아빠, 요즘 내가 부동산 공부하잖아. 아무리 땅 보러, 집 보러 다녀 봐도 이만한 데가 없는 거야. 내가 내 집 놔두고 왜 다른 집들을 그렇게 보러 다녔나 싶더라니까. 한번 실패했다고 해서 주저앉아 있지 않아, 나는. 애들도 이제 다들 돈 벌잖아. 같이 좀 모으고 융자 받아서 집부터 새로 짓자, 우리. 지금 이 집은 월세든 전세든 돈을 많이 받을 수가 없잖아. 다 쓰러져 가는 집에 누가 와서 살겠어. 요즘은 혼자 사는 사람들이 많으니까 원룸이 대세야. 에어컨이랑 인덕션, 세탁기, 냉장고 풀옵션으로 하고 젊은 사람들 와서 살게 만들자고. 내가 다 알아봤다니까. 그동안 재개발 구역에 포함되기 기다렸지만 번번이 고배만 마셨잖아. 그런 거 기다리지 말고 그냥 우리가 알아서 새로 지으면 될 일이야. 무너져 가는 이 집을 도대체 왜 계속 이고 살려는 거야? 우리도 좀 잘 살면 안 돼? 나도 좀 제대로 살아 보면 안 되냐고. 요즘 시대에 젊은 사람이 어떻게 집을 사? 지금은 옛날이랑 달라. 나 진짜 열심히 했어. 근데 안 되는 걸 어떡해? …사실 이 얘기, 저 얘기 다 핑계였고, 집이 너무 후져서 결혼할 사람도 못 데리고 오겠어, 아빠!

첫째, 돌아보면 아버지가 없다.

첫째　　　아빠? 어디 갔어? 아빠! 아빠!

첫째, 아버지를 찾아보지만
집 안 가득 텔레비전 불빛만 가득하다.

둘째, 문을 열고 들어온다.

둘째	어떻게 들어온 거야?
첫째	문 열려 있던데?
둘째	웬일이야?
첫째	너야말로. 독립한 거 아니었어?
둘째	가끔 들러.
첫째	아빠는?
둘째	……
첫째	아빠 어디 갔냐고?
둘째	왜 왔는데?
첫째	아빠한테 할 얘기 있어서 왔다, 왜?
둘째	나이가 몇인데 부모한테 손을 벌리려고 그래?
첫째	내가 뭐 열심히 안 살았어? 잘 나가다가 미끄러져서 이러는 거잖아.
둘째	그럼 혼자 힘으로 일어나야지. 왜 다시 아빠를 찾아?
첫째	없어서 그래, 없어서. 내가 원래 이런 사람이니?
둘째	제발 어른답게 좀 살자.
첫째	어른답게 살려고 이러는 거잖아.

둘째	막내 오기 전에 나가. 보면 잡아먹으려고 할 거야.
첫째	너 솔직히 말해. 내가 이러고 사는 거, 고소하지? 잘 됐다 싶지? 쌤통이다, 싫잖아, 너.
둘째	난 뭐 잘 살아? 내가 누굴 고소해하고, 누굴 쌤통이다 여겨?
첫째	넌 잘하고 있잖아.
둘째	⋯⋯
첫째	말을 해야 알지. 우리 연락 끊고 산 지도 한참 됐어.
둘째	엉망이야. 간신히 살아. 됐어?
첫째	성공이 뭐 쉬운 줄 알아?
둘째	나 그런 거 바란 적 없어. 그냥 하고 싶었던 게 있었을 뿐이야. 그게 잘되지 않았고.
첫째	그럼 더 해 봐야지, 왜 포기를 해?
둘째	요즘 누가 꿈을 이루고 살아. 그냥 하루하루 만족하며 사는 거지.
첫째	넌 그런 것까지 유행 따라가니? 적어도 원하는 건 하면서 살아야지. 상황에 맞게 꿈 조절하지 말고.
둘째	더 이상 할 얘기 없으니까 가.
첫째	넌 나보다 좋은 학교 나왔고 많이 배웠어. 네가 꿈 꿨던 높은 곳에 도달하지는 못했어도 어느 정도 꿈 가까이 갔잖아.
둘째	내가 뭘 어쨌다고 그래?
첫째	목표 높게 잡아서 포기해 놓고 왜 인생 실패한 사람처럼 구는 거야?
둘째	⋯⋯
첫째	다들 자기를 드높이려고 난리들인데 넌 왜 자꾸 가라앉으려고 해?

둘째	그런 적 없어.
첫째	너 다시 하고 싶은 거 해. 내가 뒷바라지해 줄 테니까.
둘째	무슨 돈으로?
첫째	이 집. 너 이게 얼마나 값어치 있는지 모르지? 이게 바로 노다지야.

셋째, 문을 부수며 들어온다.

셋째	뭐야? 어떻게 들어왔어?
둘째	네가 문이란 문은 다 망가뜨려 놔서 그렇잖아.
첫째	너 요새 뭐, 하니?
셋째	나 이제 문 부수기 전문가야.
첫째	전공 바꾼 거야?
셋째	나한테 전공이라는 게 있었나? 학교를 언제 다녔는지 기억도 안 나네.
첫째	그래, 내가 미안하다. 너 어서 졸업해야지. 우리 제일 먼저 너 등록금부터 마련하자.
셋째	무슨 꿍꿍인데?
첫째	우리, 집 새로 짓자. 이거 부수고. 내가 이 모양이고, 너희 하나같이 그렇게 사는 거, 이게 다 우리가 돈이 없어서 그런 거야. 이렇게 허름하고 오래된 집 끌어안고 있으면 뭐 할 건데? 나쁘게만 보지 말고, 낡았으니 새로 짓는 게 맞지.

셋째, 먼지투성이인 집 안을 둘러본다.

셋째	이거 나 태어난 해에 지은 건데… 진짜 많이 낡았네.
첫째	삼십 년이나 됐으니까 그렇지.
둘째	삼십 년밖에 안 된 거지. 집이 뭐 그렇게 핸드폰 바꾸듯이 쉽게 바꾸고 그러는 거야?
첫째	핸드폰을 누가 삼십 년씩 써?
셋째	그럼 나도 새로 지어야 하나?
첫째	그거야… 널 왜 새로 지어? 사람이랑 집이랑 같아?
둘째	그러지 말고 우리 다 같이 여기 들어와 살자. 오막살이 초가집도 사람이 살고 있으면 무너지지 않는대. 매일 청소도 하고 하수구로 물도 흘려보내면서 그렇게 살자.
첫째	답답한 소리 좀 그만해. 지금까지 우리가 너무 바보였던 거야. 엄마아빠 닮아서 너무 세상 물정 모르고 살았어. 막말로 우리 중 누구 하나 제대로 사람 구실 하며 사는 사람 있어? 새로 집 지어서 다 같이 새 출발 해 보자. 아빠도 찬성할 거야. 내가 어떻게든 설득할 거니까,

둘째와 셋째, 서로 눈치 본다.

첫째	그래서 아빠는 어디 갔다고?
둘째	…사라졌어.
첫째	뭐?
셋째	아무래도 텔레비전 속으로 들어간 것 같아.
첫째	그게 무슨 소리야?
셋째	아빠 세상은 텔레비전 속이었으니까.

첫째	도대체 그게 무슨 말이냐고!
둘째	아빠가 제일 좋아하던 프로그램이 걸어서 세계 속 으로였잖아. 여행 떠나신 거야, 저 속으로.

첫째, 텔레비전을 바라본다.

첫째	아빠…

첫째, 텔레비전을 부둥켜안는다.

첫째	아빠!

첫째, 먼지투성이인 집 안을 둘러본다.
누런 벽지와 아무것도 아닌 삶 속에서

첫째	하나도 변한 게 없네. 온 집 안 가득해.
셋째	뭐가?
첫째	아빠 냄새.

다 같이 냄새 맡는다.

첫째	이상해. 나 눈물이 안 나.

첫째, 웃음 터진다.

첫째	나 왜 웃음이 나지? 너무 웃겨 진짜.

둘째와 셋째, 함께 웃음 터진다.

둘째 울어?

셋째 안 울어.

둘째 울지 마.

셋째 응,

첫째, 계속 웃는다.

둘째 웃어?

첫째 응?

셋째 진짜 웃어?

첫째 응. 웃기잖아. 이 와중에 이제 이 집 새로 지을 수 있
          겠다, 그 생각부터 했어. 난 진짜 구제불능이야, 그
          지?

둘째, 먼지투성이인 집 안을 둘러본다.

둘째 우리 TV나 보자.

첫째, 눈물 닦고

첫째 뭐 볼 건데?

둘째 아빠가 매일 보던 거.

둘째, 텔레비전을 켠다.

셋째	고장 났었잖아.
둘째	내가 고쳤어.

세 사람, 모두 텔레비전 앞에 앉는다.

셋째	온 가족이 텔레비전 앞에 다 모였네.

오래된 화면 속에서

아버지	어? 이거 진짜 생중계되는 건가요? 그럼 우리 가족들이 볼 수도 있겠네요. 얘들아, 아빠 TV 나왔다! 보고 있지?

세 사람, 텔레비전 화면을 향해 연신 손을 흔들어 보인다.

아버지	이거 정말 우주까지 날아가는 거 맞아요? 그럼요. 가야죠. 꼭 갈 겁니다. 이제 인공위성 시대잖아요.

세 사람, 한동안 텔레비전을 하염없이 바라본다.

첫째	우리도 들어갈 수 있을까? 저 속에,
둘째	아빠는 엄마 찾으러 간 거야.
첫째	십 년 전에 떠난 엄마를 어디서 찾아?
셋째	아빠 말이 텔레비전 속에 있다는데?
첫째	그럼 우리도 엄마 찾으러 갈까? 우리도 저 속에 들어가자.
셋째	그래, 좋아. 들어가서 엄마도 찾고 아빠도 찾자.

둘째	그러니까 지금, 엄마를 찾으러 떠난, 아빠를 찾으러 우리도 다 같이 저 텔레비전 속으로 들어가자는 거야?
셋째	내가 온갖 문들을 부수면서 생각해 봤는데, 세상은 온통 문으로 이어져 있더라고. 저게 바로 우리가 들어갈 문이야! 아빠도 저 안에 답이 있다고 했잖아.
둘째	도대체 저길 어떻게 들어가려고?
첫째	일단 해 보는 거지.
셋째	엄마아빠 만나러 가자!

세 사람, 텔레비전 앞에 선다.

셋째	누가 먼저 들어가지?
첫째	내가 먼저 해 볼게.

첫째, 텔레비전 속으로 들어가려 하지만
잘 되지 않는다.

첫째	왜 안 되지? 아빠는 여길 어떻게 들어간 거야?
셋째	제대로 좀 해 봐. 진심으로. 진짜 들어가고 싶은 마음으로.
첫째	그렇게 하고 있어. 나 진짜 들어가고 싶은데,
셋째	비켜. 내가 해 볼게.

셋째, 텔레비전 속으로 들어가려 하지만
당연히 되지 않는다.

첫째　　　안 된다니까.

첫째, 둘째에게

첫째　　　너도 어서 해 봐.

둘째, 텔레비전 속으로 들어가려다가
머뭇거린다.

둘째　　　안 되는데?
첫째　　　뭐야, 왜 시늉만 해?

둘째, 계속 머뭇거린다.

셋째　　　안 되는 게 어디 있어!

셋째, 텔레비전을 향해 달려든다.

셋째　　　자, 다시 간다!

여전히 되지 않고

셋째　　　아, 도대체 왜 안 되는 건데!

셋째, 텔레비전을 부수려 한다.

둘째　　　안 돼! 하지 마!

첫째	뭐 하는 거야? 미쳤어?
셋째	말리지 마. 이게 내 방식이니까.

셋째, 다시 텔레비전을 부수려 한다.
첫째, 달려들어 말리고
둘째, 텔레비전을 끌어안는다.

둘째	하지 말라고! 이건 우리 문이 아니야.

셋째, 부수려던 행동을 멈춘다.

둘째	이건 아빠잖아. 아빠는 그냥 텔레비전이 되고 싶었던 거야.

첫째, 주저앉는다.

첫째	결국 아무도 못 들어갔네.
둘째	안 들어간 거지.
셋째	난 진짜 믿어. 엄마 찾아서 떠난 아빠가 저 속에 있다는 거 믿어.
둘째	엄마아빠 세상은 텔레비전 속에 있을지 몰라도 우리 세상은 텔레비전 속에 있지 않은 것 같아.
셋째	그럼 우리 세상은 어디 있어? 내가 들어갈 문은 어디에 있어?
둘째	그건 나도 모르겠어. 난 그냥…

둘째, 텔레비전을 들고 어디론가 향한다.

셋째	어디 가?
둘째	해야 할 일이 생겼어. 가야 할 곳이 생겼어.
셋째	드디어 싸우러 가는 거야?
첫째	뭐야, 어딘데? 누구랑?
셋째	같이 가자.

셋째, 따라나선다.
비가 오기 시작한다.

| 첫째 | 아씨, 갑자기 왜 또 비가 와? |

첫째, 따라나선다.

15.

보존과학자1,
망연자실한 채 텔레비전 앞에 서 있다.

새빨갛게 녹이 슬어버린 철과
때가 묻어 아무것도 보이지 않는 유리와
주름진 얼굴에 구멍이 숭숭 난 알루미늄이 말한다.

철　　　한참 지났어요.

유리　　네, 알고 있어요.

알루미늄　얼마나 지난 걸까요?

철　　　글쎄요,

유리　　그냥 모르고 있는 것도 괜찮을 것 같네요.

알루미늄　이렇게 된 이상 기획전시는 무리 아닌가요?

철　　　이제 정말 그만합시다. 우리도, 아니 우리가 더 이
　　　　　세계를 지키려고 노력했어요. 끝을 내지 않으려고
　　　　　요. 그동안 얼마나 애썼습니까?

유리　　우리 수명도 거의 다 됐어요. 우리가 할 수 있는 일
　　　　　은 이제 아무것도 없어요.

보존과학자1, 어떤 선택을 앞두고 있다.

모두들 숨죽여 그 선택을 기다린다.

보존과학자1 오늘처럼 제가 이 일을 시작하게 된 걸 후회하는 날
이 올 줄은 몰랐습니다.

보존과학자1, 호흡을 가다듬고

보존과학자1 우선 아무것도 아닌 것에 엄청난 의미 부여를 해 가
며 얼마 남지 않은 에너지를 소비하고, 심지어 순도
높은 알루미늄의 일부까지 낭비한 것 모두 사과드
립니다. 이 외에도 과거에 제가 맡았던 모든 일들이
결국은 아무것도 남지 않고 소모되어 버렸다는 것,
그래서 아무것도 아닌 일이 되었다는 것을 인정합
니다. 저는 평생 보존을 위해 일해 왔다고 생각했는
데, 결과적으로 아무것도 보존하지 못한 것입니다.
혼자 힘으로는 역부족이었다고 말하는 건 너무 핑
계, 같을까요? 솔직히 혼자서 뭘 더 어떻게 할 수 있
었겠어요. 가끔 멍해져요. 이상한 꿈도 꾸고요. 전
부 다 부숴 버리는 꿈이요. 그래서 누군가 나타나
주기를, 허무맹랑한 상상도 해 본 거예요. 이제 다
끝나 버렸네요. 일말의 희망도 없이. 이제는 저도
모르겠어요. 혼자 남아서 보존과학자인 건지, 보존
과학자라서 혼자 남은 건지… 저한테 너무 많은 걸
바라는 거 아니에요? 근데 누가 바라죠? 어차피 혼
자인데… 나중에 내가 죽으면, 난 누가 보존해 줘
요?

적막한 공기가 흐르고

보존과학자1 죄송합니다. 이제 더 이상 그 어떤 것도 보존처리하
　　　　　지 않겠습니다. 준비하던 기획전시도 무기한 연기
　　　　　하겠습니다.

전문가들의 탄식이 이어지고

텔레비전 제가 상황 파악이 잘 안 돼서 그러는데, 지금 뭐가
　　　　　문제인 거지요?
유리 모든 게 끝났다고요.
텔레비전 그러니까 왜…
알루미늄 아무것도 아니었잖아요. 기대했던 무언가가 나오
　　　　　지 않은 거예요.
철 다른 무언가, 혹은 다른 누군가여야 했어요.

보존과학자1, 이제 그만 텔레비전을 끄려는데

텔레비전 제가 참견을 좀 해도 되겠습니까?

보존과학자1, 하려던 것을 멈춘다.

텔레비전 제가 그냥 텔레비전인 것이 그렇게 문제가 됩니까?
　　　　　제가 백남준도 잘 모르고 예술도 잘 모르지만, 제가
　　　　　이 자리에 있는 게 그렇게 문제가 됩니까?
보존과학자1 ……
텔레비전 기획전시니 메인이니 그런 건 안 해도 됩니다. 하지

만 저는 전시되면 안 되는 건가요? 과거엔 잠깐이었지만 실제로 전시되기도 했었고, 수장고에서 여러 다른 예술품들과도 함께 있었습니다. 뭐 물론 처음부터 그런 건 아니니, 제가 예술품이라고 주장하는 건 아닙니다. 삶의 일부를 한 가정집의 텔레비전으로, 아니, 아버지로, 아니, 평범한 사람으로 보낸 적도 있습니다. 평범하다, 제가 지금 평범하다고 그랬나요? 누가 그걸 평가하지요? 저 같은 텔레비전은 전시될 자격이 없는 건가요?

보존과학자1 온 세상이 풍요롭다면, 가능한 일인지 모르겠지만, 지금은 아니에요. 모든 것이 얼마나 황폐해지고 무너졌는지 모르죠? 여기에만 갇혀 있으니까 아무것도 모르는 거예요. 밖에 나갈 수조차 없으니까요.

보존과학자1, 창문을 열어 보지만 아무것도 보이지 않는다.

보존과학자1 아무것도 없어요. 모든 것이 지나가 버렸다고요. 정말 모든 것이 끝났어요. 그래서 뭐라도 찾아보려고 했던 거예요. 도대체 왜 당신은 그냥 텔레비전이에요? 왜 다른 보존과학자들은 그동안 당신을 포기하지 않았던 거죠?

텔레비전 그러는 당신은 왜 날 다시 작동하게 만들었나요? 정말 예술품을 보고 싶은 마음 하나였나요? 비디오를 재생하는 기능뿐 아니라 지구 반대편의 소식을 전해 줄 수 있는 방송용 텔레비전이기를 바라지는 않았나요? 혹시라도 내가 다시 작동한다면, 서로의 존재를 모르고 있는, 어딘가에서 당신을 애타게 기다리고 있을, 또 다른 1인에게 라이브 방송을 보내고 싶지는 않았나요?

보존과학자1 더 이상 이 땅에 살아 있는 사람은 나밖에 없어요. 지금의 기술로 그런 것쯤은 단번에 찾아볼 수 있다고요.

텔레비전 미안합니다. 내가 만들어진 시대에는 그렇게 발전한 기계가 없었어요. 내가 아는 기계라고는 이 텔레비전이 최고거든요.

알루미늄 저… 진짜 타임머신은 아니에요? 그런 역할은 안 해요?

텔레비전 저는 텔레비전입니다.

유리 그럼 당신은 왜 그 속으로 들어간 거예요?

텔레비전 저는 텔레비전이라니까요.

유리 그 이전의 존재에게 묻는 거예요. 거기 들어간 존재요.

텔레비전 뭐 여러 가지 이유가 있겠지만, 여기에 들어오면 아내를 만날 수 있을 거라고 생각했대요. 근데 못 찾았대요. 텔레비전 세계가 너무 넓고 커서 찾을 수가 없는 건지, 아니면 더 크고 넓은 세계로 가 버린 건지 모르겠다고 하네요.

철 그럼 그 안에 있는 존재는 텔레비전이 아닌가요?

텔레비전 저는 텔레비전입니다.

철 텔레비전은 텔레비전인데, 그 아내를 찾고 있다는 존재 말이에요.

텔레비전 텔레비전입니다.

철 말이 안 통하는군요.

유리 그래도 어딘가 남아 있지 않을까요? 그 아내 말이에요. 우리가 여기에 이렇게 남아 있는 것처럼,

텔레비전　　그랬으면 좋겠네요. 제 생각엔 분명히 지금 이 세계에도 뭔가 남아 있을 겁니다. 아무것도 없지 않아요. 우주의 먼지라든가 미세한 입자들까지, 분명 이곳을 둥둥 떠다니고 있을 거예요. 지금 우리 눈에 보이지 않더라도 말이에요.

텔레비전, 보존과학자1에게

텔레비전　　찬란함까지는 아니어도, 그게 고작 이 작은 화면의 불빛에서 나오는 거면 안 되겠습니까? 저는 제 불빛이 계속됐으면 좋겠거든요. 누군가는 이 불빛으로 인해 살아가기도 하니까요.

보존과학자1　아무 의미 없어 보이는 것에 다시 의미를 부여하기엔 제가 가지고 있는 에너지가 너무 부족하네요.

텔레비전, 잠시 생각하고는

텔레비전　　저를 한번 만져 보시겠습니까?
보존과학자1　네?
텔레비전　　손으로 살짝 터치만 하셔도 괜찮습니다.

보존과학자1, 텔레비전에 손을 살짝 가져다 댄다.

보존과학자1　당신이 천 년을 살아남을 수 있었던 이유가 바로 이건가요?
텔레비전　　적어도 제가 살아온 세계에서는, 이런 게 이유가 되기도 했습니다.

보존과학자1, 텔레비전에 손을 다시 천천히 가져다 댄다.
텔레비전의 온기가 보존과학자1에게로 전해진다.

16.

다시 문 앞에서
또 해체 작업 중이다.

림   안 움직이는데요?

송   끄떡도 안 해요.

아누   엄청 오래 박혀 있었잖아요.

림   꽤 됐죠?

아누   한참 됐죠.

송   여기에 어떤 건물 있지 않았어요?

림   그랬나요?

아누   제가 알기로는…

제제, 그 주변에 우두커니 앉아
문이 사라지는 것을 지켜보고 있다.

제제   문이, 뭐라고 말하는 거 같지 않아요?

림   정신 차려요. 며칠 전에 철거 결정 했잖아요.

제제   처음부터 계속 이 문을 지켰어요. 이제 이 문이 나인 것 같고, 내가 이 문인 것 같아요.

송   쓸모없는 문이라잖아요. 의미 없는 문이라잖아요.

제제   이 문을 맡게 된 이후로 매일 이곳에서 이 문과 함께 지냈어요. 그 모든 시간까지 아무 의미 없다고 할 수는 없을 거예요.

아누   솔직히, 이 문이 남길 원하는 거예요, 아님 이 문을 지키던 자신이 남길 원하는 거예요?

제제   ……

부슬부슬 비가 내리기 시작한다.
해체 작업이 마무리되어 가고 있다.

제제   오늘 여기에 불이라도 질러 볼까 생각했어요. 이렇게 사라지는 꼴을 보느니, 차라리 내 손으로 없애버리는 걸 택하려고 했던 거죠. 근데 하필 이렇게 비가 오네요. 결국 아무것도 남지 않겠죠. 전부 다 사라지게 될 거예요. 아무도 기억하지 못할 겁니다. 뭐 누군가 이 문은 기억할 수도 있겠지만, 여기에서 이렇게 문을 지켰던 나라는 사람은 아무도 기억하지 못할 거예요. …기억되고 싶었나 봐요, 내가.

아누   스스로 기억하면 되잖아요. 문에 얽힌 이야기라든가, 뭐 아무거라도, 여기에서 일하면서 있었던 일들에 대해서요.

제제   ……

마지막으로 힘쓰는 소리 들리고

림	어? 부러졌네요.
송	어쩌죠?
아누	뿌리는 그냥 놔두죠.

문은 이제 작은 흔적으로 남는다.
기둥이 잘려 나간 채로

림	하나 둘, 들어요.
송	생각보다 가벼운데요?
아누	저까지는 필요 없겠네요.
림	그럼 뒷정리 잘 부탁해요.

림과 송, 문을 들고 나간다.
제제, 문이 있던 곳과 그 흔적을 바라본다.

아누	뭐라고 기억할 거예요? 이 문에 대해서,
제제	사실 알고 있었어요. 아무것도 아니라는 거요. 원래 무대 설치물로 만들어진 거예요. 어차피 무대는 공연 끝나면 다 부수거든요. 이 정도면 굉장히 오래 살아남은 거죠.
아누	……
제제	앞으로 이 터는 어떻게 될까요?
아누	곧 다시 새로운 문이 세워지고 또 다른 이야기가 시작되겠죠. 문 앞에는 다시 또 사람들이 모일 테니까요.

무대 뒤에서 새로운 문이 세워지고 있다.

림과 송이 들고 나갔던 문이 주재료이다.

송   1, 2, 3 ⋯

아누와 제제도 함께 가서 문을 만든다.
그렇게 다시 이야기가 시작된다.

17.

여기는 현재의 미술관이자 보존과학실이다.
미술관 전체가 하나의 보존과학실로 되어 있다.

밖에 빗소리 아주 옅게 들린다.

둘째, 텔레비전을 들고 어디론가 가고 있다.
첫째와 셋째, 그 뒤를 따른다.

첫째   밖에 비 엄청 많이 와.
셋째   여기에 있으면 아무 걱정 없을걸.
첫째   쟤는 왜 저렇게 걸음이 빨라? 무겁지도 않나 봐.
셋째   같이 들자니까. 이러면 따라온 보람이 없잖아.
첫째   여기 이렇게 들어와도 되나? 쟤 잘리는 거 아니야?
셋째   우리 지금 싸우러 온 거야.
첫째   너 또 다 부수면 안 된다.

세 사람, 미술관 한가운데에 다다른다.
그곳엔 보존 작업이 한창인 텔레비전들이 탑처럼 쌓여 있다.

바로 그 텔레비전 탑이다.

세 사람, 고개를 젖히고 텔레비전 탑을 바라본다.

셋째   와, 엄청 많네.
첫째   다 고장 난 거 같은데?
셋째   고장 난 거여도 멋있다. 굳이 싸울 필욘 없겠는데?
첫째   그래서 이제 어떻게 할 건데?

둘째, 텔레비전 무리 속에 자신이 가져온 텔레비전을 올려 둔다.

첫째   그걸 거기에 왜 올려놔? 그래도 돼?
셋째   아무래도 지금 싸우고 있는 중인 것 같아.

둘째, 텔레비전 무리 속에 있는, 자신이 올려 둔 텔레비전을 바라보며

둘째   이제 엄마아빠의 모습은 여기, 이곳에서 끊임없이 상연될 거야. 영원히 기억될 거야.

세 사람, 아무 말 없이 한동안 텔레비전 탑을 바라본다.

밖에 빗소리 더욱 거세진다.

첫째   비가 너무 많이 오는데?
둘째   걱정 마. 온 세상이 물에 잠겨도 여긴 절대 물에 젖

지 않을 거야.

첫째 그게 아니라, 우리 집. 아무래도 안 되겠어. 난 집으로 갈래. 이렇게 퍼부으면 우리 집 무너진다. 예전에도 비 많이 오면 물새고 그랬잖아. 새로 짓든 어쩌든 나라도 일단 가서 지켜야지.

셋째 갑자기 왜 그렇게 집에 애정이 생겼어?

첫째 집은 내 문이고 우주야. 우주로 통하는 길이야. 집우, 집 주, 천자문에도 나와 있잖아. 모든 역사는 집에서 출발한다, 그래서 사람은 제 집이 있어야 한다, 엄마아빠가 늘 말했잖아. 의식주 중에서도 가장 중요한 게 집이라고. 나 혼자 가질 생각은 없으니까, 다들 언제든 돌아와. 안 도망가. 새로 지어도 거기 그 자리에 그대로 지을 거야. 먼저 간다.

첫째, 떠난다.

셋째 나도 가 봐야겠어.

둘째 넌 어디로 가려고?

셋째 어디가 될지는 모르겠지만, 일단 떠나. 지금 아니면 못 갈 거 같아서,

둘째 목표도 없이?

셋째 우선 세계 여행을 할 거야.

둘째 걸어서 세계 속으로?

셋째 난 한 번도 긴 여행을 가 본 적이 없어. 늘 해야 하는 일이 있었고 무언가에 매여 있었으니까.

둘째 그럼 너의 문은 세계야?

셋째 아니, 난 새로운 문을 만들 거야. 남들이 만들어 놓

은 문 아니고, 내가 직접 내 문을 만들겠다고. 앞으로 엄청 많은 문을 만들고 그 안으로 들어가 보려고.

둘째   엄마도 같은 마음 아니었을까?

셋째   그랬을지도 모르지.

둘째   그래, 어서 가.

셋째   안 가?

둘째   난 그냥 여기 있을래. 이게 좋아. 여기에 앉아서 그냥 이렇게 바라보고 있는 거. 아무것도 하지 않고. 그냥, 가만히.

셋째   …사는 게 좀 재미있었으면 좋겠어. 매일 웃고 살았으면 좋겠어. 매 순간이 벅찼으면 좋겠어. 그래서 떠나는 거야.

둘째   걱정 말고 가. 뒤돌아보지 말고. 자꾸 뭐가 너 붙잡는 거 같아도 신경 쓰지 마.

셋째, 머뭇거리며 발걸음을 뗀다.

둘째   가족이라고 해서 꼭 같이 살아야 되냐? 몇십 년 같이 살았으면 충분해. 이제 그만 됐어. 너 거기 어딘가에 살고, 나 여기 어딘가에 살자.

셋째, 어느새 떠나고 없다.

둘째   난 이제 내 문이 뭔지도 모르겠고, 들어갈 자신도 없어. 내가 원하는 건 그냥 여기에서 바라보고 있는 거야. 세상 모든 문들을,

둘째, 텔레비전 탑을
거대한 미술관을
보존과학실을
높은 천장을
하염없이 바라본다.

둘째, 텔레비전 탑을 향해

둘째   내가 경험한 세계는 그리 아름답지만은 않습니다. 당연히 따뜻하지도 않고요. 물가는 천정부지로 치솟고 편의점에서는 유통기한이 지난 음식을 팔고 있어요. 그래서 나는 앞으로 아무것도 하지 않기로 했습니다. 그저 내 목숨이 붙어 있는 한 죽지 않고 살아갈 거예요. 죽는 건 너무 무서우니까요. 돈도 벌지 않겠습니다. 뭔가 열심히 하지도 않을 거고, 아빠처럼 오십 년 넘게 일하지도 않을 거예요. 이제 나의 세계에서는 아무런 아버지도 없습니다. 난 세상 아버지를 사랑하지도 않을 거고 앞으로 그 어떤 아버지도 두지 않을 거예요.

둘째, 텔레비전 탑에게 꾸벅 인사하고는
떠나려는데

보존과학자1, 텔레비전 화면 속에서

보존과학자1 어디 가요?

둘째, 떠나지 못하고

보존과학자1 이렇게 버려두고 가려고요?

둘째 버리는 거 아니에요.

보존과학자1 그럼 왜 여기에,

둘째 이거 내 작품이에요. 마지막으로 만든,

보존과학자1 ……

둘째 뭐 별로 대단해 보이지 않겠지만,

둘째, 다시 떠나려는데

보존과학자1 지금 이 텔레비전이 어떻게 됐는지 알아요? 나 포함해서 수십 명의 보존과학자들이 이걸 보존했어요. 아주 긴 시간 동안. 예술품이라고 생각하고 원형 유지를 위해서 수없이 애써 왔다고요.

둘째 그거야 당신이 부여한 의미 때문이지, 내가 그렇게 해 달라고 하진 않았어요. 당신이 세워 놓은 가치에 따져요. 당신이 믿고 있는 세계에 따져요.

보존과학자1 ……

둘째 그래서 이제 의미가 없어졌나요? 아무것도 아닌 텔레비전이라는 걸 알게 돼서?

보존과학자1 아뇨, 다 의미 있어요. 이 세상에 의미 없는 건 없어요.

둘째 나랑 반대네요. 난 전부 의미 없다고 생각하는데,

보존과학자1 그럼 이거 부숴도 돼요? 내가 그냥 버려도 되는 거예요? 폐기 처분 할까요? 아무 의미 없는 거잖아요.

둘째 ……

보존과학자1 엄청 대단한 게 아니라, 아무것도 아닌 것 같은 데서부터 이야기가 시작될 수도 있는 거예요.

둘째 내가 시작이 될 수도 있을까요?

보존과학자1 ……

둘째 이 이야기는 어떻게 끝나는 거예요? 어디가 시작이고 어디가 끝이에요?

보존과학자1 글쎄요, 중요한 건 지금 우리가 이렇게 만났다는 거 아닐까요?

둘째, 그때야 비로소 보존과학자1을 바라본다.

보존과학자1 우리 사이엔 무려 천 년의 시간이 흐르고 있어요. 내가 과거로 온 건지, 당신이 미래로 온 건지. 때론 이렇게 말도 안 되는 일이 일어나기도 하잖아요.

두 사람, 서로를 함께 감각한다.
지금 이 순간 만큼은
둘 사이에 그 어떤 장애물도 없다.

둘째 진짜 미래에서 온 거면, 하나만 물어봐도 돼요?

보존과학자1 ……

둘째 어떻게 살아야 해요? 벗어날 수 있을까요? 이 무덤 속에서, 계속 살아낼 수 있을까요? 어떻게 하면 내가 무너뜨린 것들을 다시 일으켜 세울 수 있어요?

보존과학자1 아, 이걸 어떻게 설명해야 하지? 나도 최근에 누구한테 배운건데, 내가 잘 이해한 건지 모르겠지만, 이렇게요.

보존과학자1, 두 팔로 자신을 꽉 안아 보인다.

보존과학자1 온 우주가 흔들릴 만큼. 무슨 말인지 알죠?

둘째, 고개 끄덕인다.

18.

여기는 다시 미래의 보존과학실이다.
철, 유리, 알루미늄 그리고 텔레비전이 있다.

유리   오늘입니다.

철   네, 오늘이군요.

저 멀리서 모래바람이 불어오고 있다.

알루미늄   아…

유리   대신 미안합니다.

철   오는 걸 막을 수는 없지요.

텔레비전   이렇게 사라지는 것도 나쁘지 않겠네요.

알루미늄   우리 이제 뭐 하죠?

유리   그냥 가만히 있어도 괜찮아요.

철   곧 세상의 끝이 오겠지요. 이렇게 모두가 사라져가
             니까요.

텔레비전   모든 게 전부 다 깨끗이 사라지고 나면 아마 그때
             새로 시작되지 않을까요?

보존과학자1, 들어온다.

빈손이다.

보존과학자1 왜 다들 세상 떠나는 얼굴이에요? 아직 안 끝났어요. 기획전시 해야죠. 이름만 거창하지 사실 우리끼리 하는 행사지만, 그래도요.

유리 드디어 그 찬란함을 보는 건가요?

보존과학자1 아쉽게도 영상 파일은 못 찾았어요. 어쩌면 지워진 것 같기도 하고요.

알루미늄 거기에도 모래바람이 불었나요?

유리 결국 사라지지 않는 건 없네요.

철 데이터가 이렇게 영원하지 못할 줄은 아무도 몰랐겠지요.

보존과학자1 대신 이번 전시의 메인 작품인 텔레비전의 뜨거운 무대가 있겠습니다.

유리 영상이 아니라 실제로 보여준다고요?

알루미늄 굉장히 신선한 발상인데요?

철 공연은 아주 오래전부터 유행했던 예술 장르지요.

텔레비전 아아, 그럼 시작해 보겠습니다.

텔레비전, 노래 부른다.

텔레비전 시간이 우리를 병들게 하여도~ 시간이 우리를 다신 못 보게 하여도~ 시간이 우리를 녹슬게 하여도~ 난 춤을 출 거야~ 난 노래 부를 거야~ 난 소리칠 거야~ 난 껴안을 거야~ 난 사랑할 거야~ 워우워~ 워우워~.

텔레비전, 계속 소리 지른다.

철　　　　모래바람이 좀 늦네요?

유리　　　재앙이 빨리 오길 기다린 적은 처음인 것 같아요.

알루미늄　제 순도 높은 알루미늄이 이렇게 쓰일 거라고는 생
　　　　　　각도 못 했어요.

텔레비전, 열정적인 공연을 끝내고

텔레비전　어쩌다 보니 여기까지 왔네요. 참 길었어요. 그동안
　　　　　　감사했습니다. 저는 이만하면 됐습니다.

모래바람이 다가오고 있다.
조금씩 스며들 듯이.

보존과학자1　오지 않을 것 같았던 순간이 참 착실하게도 제 눈앞
　　　　　　에 와 있네요. 우린 곧 사라지겠죠. 이야기는 이렇
　　　　　　게 완성됩니다. 누군가는 기억해 주기를요. 끝으로,

철　　　　우린 아까 다 떠들었어요. 더 이상 할 얘기도 없네
　　　　　　요.

알루미늄　저요, 저 할래요. 저도 노래 부를래요.

유리　　　이제 꼭 그렇게 인간처럼 행동하지 않아도 괜찮아
　　　　　　요.

보존과학자1, 자신에게 붙어 있는 '1'이라는 숫자를 떼어낸다.
그렇게 보존과학자가 된다.

시간이 흐르고,
보존과학자는
철은
유리는
 알루미늄은
텔레비전은
점점 바스러지고,
미세한 입자들, 둥둥 떠다닌다.

림, 송, 아누, 제제, 하나둘 모여든다.
어쩌면 계속 거기에 있었는지도…
그들은 사라져 가는,
그 모습을 지켜보면서,
흩날리는 것들을 온몸으로 받는다. 주워 먹는다.

뒤늦은 모래바람이 온 무대를 덮친다.

19.

어둠 속에서

누군가
한 발, 한 발
조심스럽게 내딛으며
천천히 걸어 나온다.

아무것도 보이지 않는
고요함 속에서

아무도 없어요?

외롭게 서성인다.

정말 아무것도 없어요?

한참을 홀로 헤매는 중에
어디선가 옅은 빛이 새어 나오고

지지직거리는 소리 들려온다.

어?

빛과 소리가 있는 곳으로 간다.
거기에 텔레비전이 있다.

있구나. 여기, 있네요.

한참을 그 앞에 머물다
텔레비전 속으로 들어간다.

막

한없이 납작해진 존재들을 조심스레 그러담은 이야기들

전영지(드라마터그)

시대의 유행에서 비켜서 동시대를 호흡하며

2023년 봄 [창작공감: 작가]로 관객을 찾는 두 작품, 이소연의 <몬순>(4.13~5.7)과 윤미희의 <보존과학자>(5.25~6.18)는 딱히 닮은 점이 없다. 같은 소재를 다루는 것도, 동일 담론을 펼치는 것도, 유사 형식을 실험하는 것도 아니다. 두 작품이 성장한 [창작공감: 작가]라는 프로그램의 타이틀을 제외하면 두 작품을 엮어 부를 다른 이름이 마땅치 않다. 기실 '올해의 주제'라 일컬을 만한 테마가 없는 것은, '동시대와 호흡하는 극작가와의 협업을 통한 창작극 개발 프로그램' [창작공감: 작가]의 고유한 특징이다. 어떤 주제를 어떤 형식으로 탐구하고자 하든 작가 고유의 방식을 그대로 포용하겠다는, '동시대와 호흡'한다는 대전제를 제외하면 모든 것에 열려 있겠다는 확고한 지향의 결과이다. 그런데, 이 대전제, '동시대와 호흡'한다는 것은 무엇인가?

'동시대성(contemporaneity)'는 애매모호한 개념이다. 연극은 '동시대성'이라는 단어가 즉각적으로 환기하는 '바로, 지금, 여기'를 핵심적인 작동원리로 삼는다고 여겨지는 터라 그 어떤 장르보다도 '동시대성'을 요구받아 왔으나, 이러한 요구 속 '동시대성'은 근본적 질의를 누락한 채 일종의 막연한 당위처럼 반복되곤 했다. 그저 '동시대성'이라는 단어의 사용이 빈번해진 '현재'라는 시간대가 젠더·세대·계급·인종·장애 등을 둘러싼 유구한 '인간'의 갈등과 기후위기와 동물권 담론을 비롯

하여 새로이 부상하고 있는 '비인간'의 문제들이 뒤섞여 긴장이 고조되고 있는 시기이다 보니, 그저 그러한 의제들에 포섭되는 주제를 '동시대성'이라고 갈음해 왔다고 해도 과언이 아닐 듯하다. 물론 이 시대의 첨예한 화두를 논하는 예술은 귀하다. 그러나 '동시대성'이 마치 이 시대 예술이 다루어야 마땅한 소재를 지배하거나, 그러한 탐구의 끝에 모든 사람이 동의할 법한 어떤 '올바름'이 노정되어 있다고 여기는 것은, 참으로 동시대와 어울리지 않는 일이다. '동시대'란 모두가 동의하는 '지금'을 갖지 않는 시대이기 때문이다.

"동시대란 대관절 어떤 시대일까." 문화평론가 서동진은 다음과 같이 답한다. "동시대라는 말은 어제도 오늘도 내일도 모두 '동시대'라고 부르는 몸짓을 반복한다." "시간의 시제라고 불리는 것이 마비되어 버린 세계"가 바로 동시대라는 것이다.[1] 기실 '동시대성'에 대한 느슨한 접근이 으레 택하는 단순한 시간성으로는 '동시대성'을 설명할 수 없다는 의견이 반복적으로 제기되어 왔다. 일찍이 독일 철학자 에른스트 블로흐가 1930년대 독일의 사회적 갈등을 설명하는 개념으로 주조한 '비동시성의 동시성'[2]을 인용하며, 동일한 시간대에 속할 수 없는 특징들의 공존을 '동시대'의 가장 핵심적인 특징으로 꼽아 온 것이다. 이러한 맥락에서 미술사학자 테리 스미스는 '우

---

[1] 서동진의 저서 『동시대 이후: 시간—경험—이미지』(현실문화연구, 2018)와 유튜브(YouTube)에 업로드 되어 있는 '동시대문화예술강좌'「동시대미술이라는 암호」(국립현대미술관, 2018)를 참조.

[2] 자주 인용되는 블로흐의 문장은 다음과 같다. "모든 사람들이 '지금'에 존재하는 건 아니다. 그들은 다만 오늘날 함께 보인다는 사실에 의거해 외부적으로만 그럴 뿐이다. 그렇다고 그들이 타인들과 같은 시간을 살고 있다는 의미는 아니다."–에른스트 블로흐, 「비동시성과 변증법의 의무」, 1932; 우정아, 『한국미술의 개념적 전환과 동시대성의 기원』, 서해출판, 2022, 15쪽 재인용.

리 시대'라는 수사가 더 이상 불가능함을 지적하며 다음과 같이 말한다. "동시대인일지라도 자신들과 다른 시간 관계에 있을 수 있다는 걸 의식하는 일, 같은 세상을 보고 가치 평가하는 상충하는 방식들이 있다는 것, 비동시적인 시간성들이 실제로 공존한다는 것, 문화적 그리고 사회적 다중들이 밀도 있게 경쟁하고 있다는 것, 그들 사이에서 급격하게 불평등이 성장하고 있다는 것 등을 지속적으로 경험"하는 데 '동시대성'의 핵심이 있다고.[3]

철학자 조르조 아감벤은 '한 시대의 유행을 따라가는 것이 아니라 그 유행에 드러워진 암흑을 응시하는 사람'을 '동시대인'이라고 칭했다. 모든 점에서 시대와 완벽히 어울리는 자들은 시대를 보는 데 이르지 못하며, 외려 시간의 어긋남을 통해서만이 자신의 시대를 지각하고 포착할 수 있다는 것이다.[4] 그렇다면 혹 '동시대성'이 한국연극의 유행이 되면서 되려 가려진 이야기가 있지는 않을까? 하나의 시점으로 수렴할 수 없고, 단일한 개념으로 환원할 수 없는 '동시대성'을 너무 납작하게 접근해 온 것은 아닌가? 혼란스럽게 얽혀 있는 세상을 한 손에 쓸어 담아 움켜쥐고 명쾌한 문장 몇 개 빚어 '동시대성'이라고 선언하는 태도가 바로 이 시대의 유행인 것은 아닐까? 그렇다면 이 유행에서 비켜선 '동시대인'은 무슨 이야기를 쓸 수 있을까?

때로는 아감벤을 경유하여, 때로는 고유의 문제의식으로 다양한 지면에서 '동시대성과 서사'에 대해 논평해 온 사회학

---

3   우정아, 「'뮤지엄'의 폐허 위에서: 1990년대 한국 미술의 동시대성과 신세대 미술의 담론적 형성」,《미술사와 시각문화》20, 미술사와 시각문화학회, 2017, 144쪽 재인용.

4   조르조 아감벤, 양창렬 옮김, 「동시대인이란 무엇인가」, 『장치란 무엇인가? 장치학을 위한 서론』, 난장, 2010, 69~88쪽.

자 엄기호와 함께 한 워크숍으로 시작한 '2022 [창작공감: 작가]'는 '동시대성'을 만나 온 과정이라고 할 수 있다. 우리에게 '동시대성'은 간명하고 눈부신 결론에 대한 유혹으로 조급해지는 순간마다 끊임없이 질문의 연쇄를 들이미는 엄격하지만 참을성 있는 동료의 모습으로 다가오곤 했다. '2022 [창작공감: 작가]'를 함께 만들어 준 동료들을 통해 '동시대성'의 다양한 얼굴들을 만나며, 작가들은 한편으로는 '소재적 동시대성'에 대한 강박에서 자유로워졌고, 또 한편으로는 '피상적 동시대성'과 타협할 수 없다는 각성에 다시금 괴로워지기를 반복했을지도 모르겠다. 이들의 희비(喜悲)와 고투(苦闘)를 곁에서 지켜본 사람으로서, 그 과정을 반추하며 작가들이 희곡선을 위해 마련한 원고를 읽어 보았다. 어떤 이야기가 되었는지뿐 아니라 어떤 이야기가 되지 않으려고 애썼는지를 기억하면서.

이야기를 통해 어디로 나아갈 것인가 묻는 '전쟁이야기'

이소연의 <몬순>은 '전쟁이야기'다. 가제(假題)가 '전쟁이야기'였다. 허나 전투기 대신 드론이 날고, 무기 대신 사진기를 들고 전장을 누비며, 종전 대신 로그아웃 한다. '우리는 이렇게 전쟁에 연루되어 있구나.' 이소연 작가는 유튜브 생중계로 러시아-우크라이나 전쟁을 바라보고 있는 자신의 모습이 불현듯 생경하게 느껴져 <몬순>을 구상하게 되었다고 한다. 지금 전쟁은 나에게, 그리고 다른 사람들에게 어디쯤 위치하고 있는가라는 물음으로, 전래의 '전쟁이야기'는 쓰지 않기로 한 것이다. 그 어떤 방식으로 전장(戰場)을 재현하든, 스펙터클한 전래의 '전쟁이야기'들은 우리가 그 전쟁으로부터 멀디먼 안전한 자리에 있음을 안도하게 하는 것은 아닌가라는 의심으로, 객석과 무대를 가로질러 극장을 가득 채우는 '몬순'을 쓴다. "이미 존재하는 이야기에 속지 않고 그 이야기를 이기기 위해"[5] 작가 이소연은 새로운 이야기를 썼다.

사실 이야기 짓기는 작가만의 일이 아니다. 함께 읽었던 나심 니콜라스 탈레브의 『블랙스완』에 따르면, "인간은 이야기를 좋아하고, 요약하기를 좋아하고, 단순화하기를 좋아한다."[6] 복잡하고 방대한 정보를 감당할 만한 차원으로 축소시키기 위해 '이야기 짓기'를 일상적으로 동원한다. <몬순>의 인물들도 이야기를 짓는다. 어떤 이들(새벽, 문, 굴)은 정답을 찾아 명제를 만들고, 어떤 이들(이삭, 리오, 차미)은 현실로부터 도망치기 위해 가공된 이야기를 빚고,[7] 또 어떤 이들(코지, 홀키, 네이지)은 이야기를 딛고 이야기 너머의 현실과 마주한다. 이들의 삶을 가로지르고 있는 전 지구적 전쟁, 그 폭력의 실체를 감당하기 위함일 터다. 그 누구도 전쟁에 직접적으로 관여하고 있지 않지만, 그 누구도 그 폭력성으로부터 자유롭지 않다. 현재 전쟁 중인 국가 출신인 네이지, 코우쉬코지, 문, 홀키뿐 아니라 게임 회사이자 무기 회사인 '몬순'에서 일하는 차미도, '몬순'에서 만든 드론을 가지고 노는 굴도, 전쟁 사진을 찍는 이삭도, 전쟁 소재 VR 작품을 구상 중인 새벽도, 게이이자 난민인 연인이 당한 혐오범죄를 폭력으로 되갚는 리오도 모두 '몬순'의 자장 아래 있다.

'몬순.' 이 작품에서 '몬순'은 다양한 의미로 환유되지만, 무엇보다 관객이 변화 과정을 지켜보게 되는 새벽의 졸업 전시

---

5 엄기호, 「'망했다'고 진짜 다 망한 것이 아니다」,《한겨레21》, 2022.10.18.

6 나심 니콜라스 탈레브, 차익종 옮김, 『블랙스완』, 동녘사이언스, 2007, 132쪽.

7 흥미롭게도 이삭, 리오, 차미는 모두 '그만둘까'를 고민하나 끝내 그만두지는 않는다. 이는 이 인물들이 자신보다 타인을 움직이기 위해 말한다는 것의 반증일지도 모르겠다. 이들의 말은—희곡의 대사들이 종종 그러하듯—화자의 진심을 담기보다는 욕망을 반영하는 듯하다.

작품 '몬순'에 담긴 이야기가 흥미롭다. 전쟁의 본질을 질문하는 모범생 새벽은 처음에는 전쟁을 '위에서 아래로 떨어지는 빗방울'의 이미지로 접근했다가, 점차 '모든 방향에서 모든 사람에게 불어오는 바람'이라는 깨달음에 도달하고, 이 깨달음을 '몬순'이라는 제목 안에 담는다. 그러나 전쟁이 하나의 매끈한 상징에 담길 리 만무하고, 새벽은 실패한다. 기실 비이자 바람이며, 재해이자 축복인 '몬순'은 전쟁에 대한 은유로 환원될 수 없다. 실체는 언제나 상징을 초과하기 때문이다. <몬순>은 이처럼 전쟁을 '몬순'에 빗대는 자신의 시도가 실패할 수밖에 없음을 스스로 고백하며, 이야기로 환원될 수 없는 존재의 두께를 상기시킨다. '모자가 그냥 모자'이듯 '문은 그냥 문'이며, 꼭 그렇게 '몬순은 그냥 몬순'이고 '전쟁은 전쟁'인 것이다.

고유한 존재를 보통명사 하나에 욱여넣으며 가해지는 폭력을, 전쟁을 타고 흩날리는 폭력에 에이는 고통을, 그 형언할 수 없는 아픔을 헤아리는 사려 깊은 작가의 단단한 마침이나. 그러나 여전히 전쟁에, 폭력에 연루된 우리는 어디로 갈 것인가? 극장을 나서는 우리에게 <몬순>은 전쟁 당사국으로 설정된 가상국가 타트의 언어로 '여기부터 다시 시작'하자고 제언한다. '전쟁'이 무엇이냐 보다 중요한 것은 이야기를 통해 어디로 나아갈 것인가, 어디에서 다시 시작할 것인가가 아니겠냐는 듯. 그리고 그 시작은 다른 언어로는 번역될 수 없는, 그 어떤 상징으로도 환원될 수 없는 당사자의 언어로 쓰여져야 하지 않겠냐는 듯. '라가맛트'라고 인사를 건넨다.

의미 이전에 실재하는 존재의 물성을 감각하는 '보존과학자 이야기'

예술은 필멸하는 인간이 불멸을 얻는 방법이라더니, 수명이 다한 줄 알았던 '다다익선'이 부활했다. 여러 매체를 통해 보도되었듯, 2022년 9월 과천 국립현대미술관에서 미디어아트의 거장 백남준(1932~2006)의 대표작 '다다익선'(1988)의 재가동 기념식이 열렸다. 브라운관의 노후화로 인한 화재 위험 등으로 2018년 가동이 중단된 이래 4년 반 만의 일이었다. 그러나 '다다익선'의 보존·복원 작업에 참여한 국립현대미술관 학예연구사 권인철은 여전히 "인공호흡기를 단 상태나 마찬가지"라고 말한다.[8] 예술작품도 늙고, 병들어, 끝내는 죽음을 맞이하는 모양이다. 운명의 순간이—'보존가' 또는 '복원전문가'라고 불리기도 하는—'보존과학자(conservator)'의 부단한 노력으로 근근이 늦춰지고 있는 것일 뿐. '영원불멸의 예술'이라는 신화를 위해 작품 뒤에서 묵묵히 작품의 '생로병생(生老病生)'을 살피는 '미술관의 의사', 그가 바로 이 작품의 '보존과학자'다.[9] 여러 전작에서 '소멸'을 이야기해 온 작가 윤미희는 보존과학자에게서 생경한 생명력을 느끼고 <보존과학자>를 구상했다고 한다. 안주하기를 거절하는 작가의 선택이다.

<보존과학자>의 보존과학실에도 작동을 멈춘 텔레비전 한 대가 놓여 있다. 보존과학자1은 이를 '다다익선'의 일부라고 믿으며 고군분투 중이다. '다다익선' 재가동 이전인가 싶지만, 백남준 탄생 1000주년을 얼마 앞둔,[10] 그러니까 대략 2931년경

---

8   김준억, 「백남준 '다다익선' 복원 마쳤지만 "여전히 인공호흡기 단 상태"」, 《연합뉴스》, 2022.09.15.

9   '보존과학자'에 대한 내용은 2022년 10월 21일 윤미희 작가와 국립극단 작품개발팀의 한나래 프로듀서가 진행한 권인철 학예연구사 인터뷰 기록과 2020년 국립현대미술관 청주관에서 동명의 전시를 기획하며 출간한 『보존과학자 C의 하루』(국립현대미술관진흥재단, 2020)를 참조했다.

10   미술사학자 로베르토 롱기는 예술작품의 생존 가능한 시간에 대해 논

의 어느 날, 오랜 시간 수장고에 머물던 텔레비전 한 대가 우연히 발견된 것이다. 아마도 과거의 어느 시점, 어떤 윤리적인 보존과학자가 자신의 실패를 담담하게 인정하며 이 고물(古物)을 보존·복원해낼 수 있는 미래가 언젠가는 도래하리라는 기대로 수장고 구석에 밀어 넣어 둔 것일 터다. 과거가 미래에게 남긴 숙제인 셈. 그러나 <보존과학자>가 그리는 가상의 미래는 썩 희망적으로 보이지 않는다. 유일하게 살아남은 인간 생존자 보존과학자1과 그의 동료, 철·유리·알루미늄에 따르면, 온갖 재앙이 불어닥친 이후로 거의 모든 것이 사라졌고, 더 이상 새로운 것을 만들 생산능력도 재생능력도 상실했다고 한다. 남은 것은 오직 데이터뿐이다.

사물 없이 데이터만이 남겨진 세계는 황폐하다. 물성을 잃고 의미만이 남겨진 셈. 의미에 대한 강박이 가득하다. 보존과학자1은 자신이 찾아낸 텔레비전이 그저 여느 텔레비전이 아니기를, 예술작품이기를, 어마어마한 예술작품 '다다익선'이기를, 또는 백남준이 쓰던 텔레비전이기를, 아니 불멸의 예술가 백남준이 그 안에 살아 있기를 소원한다. '엉뚱한 상상'이라는 것을 알면서도 그렇게라도 '의미'를 붙잡아 보려 한다. 보존과학자의 열정일 터다. 허나 의미에 대한 그의 집착은 애써 살려낸 텔레비전을 부정하는 데 이른다. 기실 익숙한 일이 아닌가. 가치를 서열화하고 가치가 없다고 판단되면 그 존재의 있음마저 부정하는 일. 돈이 없다고, 재능이 없다고, 학위가 없다고, 꿈이 없다고, 집이 없다고, 이룬 게 없다고, '쪼다 같은 인생들'은 마치 처음부터 존재하지 않았던 것처럼 지워지는, 그 세계를 우리는 이미 안다. 텔레비전을 안식처 삼다 마침내는 텔

하며 "'불안정한' 것의 평균 수명은 기껏해야 1,000년 정도"라고 말했다고 한다(『보존과학자 C의 하루』, 203~204쪽). 그렇다면 현재를 이루고 있는 거의 모든 것들은 천 년이 채 지나지 않은 어느 시점 모두 소멸할 터, 작가에게 '거의 천 년 후'라는 시간 설정이 필요했던 건 이 때문일 수도 있겠다.

레비전 속으로 들어가 버린 '평범한 아버지'와 그의 세 자식들의 생생한 '현재' 이야기가 극장 밖 현실을 끊임없이 상기해 온 터, 미래의 보존과학실은 자연스럽게 우리의 '오늘'과 중첩된다. 인간 너머 비인간 사물을 아우르는 확장된 시선으로 '오늘'을 다시금 마주한다.

"오늘날 우리는 실재를 지각할 때 무엇보다도 정보를 얻기 위해 지각한다. 그리하여 실재와의 사물적 접촉이 거의 발생하지 않는다. 실재는 고유한 여기 있음을 박탈당한다. 우리는 실재의 물질적 울림들을 더는 지각하지 못한다."[11] 철학자 한병철의 말이다. 그는 디지털 질서의 찬란함에 가려진 이 시대의 어둠을 직시하며 '실재의 물질적 울림이 사라졌다'고 말한다. 바로 <보존과학자>의 텔레비전이 보존과학자1에게 느껴 보길 권하는 사물의 온기다. 엄밀하게 말하자면 손상은 자연스러운 시간의 반영이다. 부식이나 마모는 사물도 죽어 가는 존재, 즉 생명이라는 것의 반증이다. 인간과 사물은 소멸이라는 순리를 공유한 사이인 셈. 하여 우리에게 궁극적으로 남겨진 질문은 어떻게 서로가 서로의 시간을 가로질러 만날 것인가, 그리고 그 유한한 만남의 시간 동안 어떻게 서로를 감각할 것인가일 게다. <보존과학자>는 의미로 치환되지 않는 존재의 물성을 서로 감각하는 일을 상상하며, '의미'를 경유하지도 '영원'을 담보하지도 않는 희망을 발견한다. 가상으로 들어가는 '문'을 만들고, 세우고, 지키고, 부수고, 다시 세우는 일종의 '무대 크루' 림·송·아누·제제를 통해 연극의 가상은 언제나 실재의 물성을 경유하여 탄생하고, 탄생했다 이내 소멸하며, 소멸했다 다른 모습으로 부활함을 환기하며 전하는 '보존'의 세계다.

---

11 한병철, 전대호 옮김, 『사물의 소멸』, 김영사, 2022, 175~176쪽.

본디 창작한다는 건 홀로 하는 일이 아니므로

[창작공감: 작가]는 극작가와의 협업을 통해 창작극 개발을 도모하는 과정 중심의 작품개발 사업이다. 지원사업이 아니다. 개발사업과 지원사업. 극작가가 희곡을 쓰는 일이 지극히 독자적인 일이라고 가정하면 쉽게 포착되지 않는 차이일 수 있다. 물론 희곡은 극작가가 홀로 쓴다. <몬순>과 <보존과학자>를 이루는 모든 선택 또한 오롯이 이소연, 윤미희 작가가 했다. 허나 이소연은 '창작공감'에서 쓰지 않았다면 지금과는 많이 다른 <몬순>을 쓰게 됐을 거라고 말한다. 윤미희는 권인철 학예연구사와의 인터뷰에서 '다다익선'을 보존·복원한 보존과학자 또한 '다다익선'의 창작자에 포함되는 것 같다는 이야기를 하는데, 감히 평컨대 [창작공감: 작가]를 함께 한 모든 이들이 그처럼 두 작가의 작업을 동행했다고 생각한다. 사회학자 엄기호, 극작가 이양구, 안무가 이윤정, 문학평론가 오혜진, 신경심리학자 장재키, 학예연구사 권인철, 문화연구지 조서연과 낭독회를 함께 해 준 많은 배우들을 비롯하여, 국립극단 작품개발팀의 한나래 프로듀서와 청년인턴 김가은을 포함한 수많은 극단 관계자들이 <몬순>과 <보존과학자>의 창작 과정을 함께 했다. 우리는 창작이 고립된 천재가 홀로 하는 일이 아니라고 믿었다. 그런 믿음이 '창작극 개발사업'을 함께 도모하게 했다.

전통적 도덕철학과 정의론은 개인이 마치 태어나면서부터 자립할 수 있는 것처럼 설명해 왔지만, 돌봄 이론가들은 '독립된 인간'은 허상일 뿐이라고 말한다. 근본적으로 인간은 상호의존적인 존재이며, 삶의 모든 순간 상호호혜성을 바탕으로 하는 돌봄을 필요로 한다는 것이다. 우리는 수많은 동시대 담론을 아우르는 하나의 화두로 '돌봄'을 들여다보는 시간을 가졌는데, 그때까지만 해도 나는 그것이 우리의 이야기라는 것을 알지 못했다. 그 모든 시간을 반추하는 지금에서야 깨닫는다.

수많은 사람들의 응원과 지지를 기반한 '난잡한 돌봄'[12]이 [창작공간: 작가]가 쓰고 있는 이야기라는 것을, 그렇게 마주한 동료들의 각기 다른 지향과 취향에서 발생하는 충돌과 충돌이 촉발하는 질문들이 동시대성 탐구의 진정한 동력이었다는 것을 말이다.

　창작이란 본디 홀로 하는 일이 아님을 새삼스레 깨달으며 함께 만드는 과정 속에서 납작했던 구상이, 타인에 대한 이해가, 그리고 나 자신이 펼쳐지는 일을 경험하며, '난잡함'으로 '납작함'을 구원할 수 있으리라는 믿음으로, 우리는 함께 이야기를 썼다. 한없이 납작해진 존재들을 그러담으며 썼다.

12　'난잡한 돌봄'은 함께 읽은 더 케어 컬렉티브의 『돌봄선언』(니케북스, 2020)이 제안하는 것으로, '실험적이고 확장적인 방법으로 더 많은 돌봄을 실천'하는 것을 의미한다.

보존과학자　　　　　　지은이　｜　윤미희

2023년 5월 11일 1판 1쇄 펴냄

펴낸이	재단법인 국립극단
	단장 겸 예술감독 김광보
진행	정용성, 이슬예
주소	서울시 용산구 청파로 373
웹사이트	www.ntck.or.kr
전화	02 3279 2260

펴낸곳	걷는사람
펴낸이	김성규
편집	김안녕 한도연 정은진
디자인	신아영
주소	서울 마포구 월드컵로16길 51 서교자이빌 304호
전화	02 323 2602
팩스	02 323 2603
등록	2016년 11월 18일 제25100-2016-000083호
ISBN	979-11-92333-75-5 [04810]
	979-11-91262-97-1 [세트]

*이 책의 저작권은 작가에게 있습니다. 저작권법에 의하여 보호를 받는 저작물이므로 무단전재와 무단복제를 금합니다. 이 책 내용의 전부 또는 일부를 재사용하거나 공연하기 위해서는 작가와 국립극단의 동의를 받아야 하며, 국립극단 공연기획팀(perf@ntck.or.kr)으로 사전에 문의해 주시기 바랍니다.